LE NOUVEAU MONDE,
COMEDIE,
MELE'E D'INTERMEDES,
ET
PRE'CEDE'E D'UN PROLOGUE.

Par M***

A PARIS,

Chez la Veuve de PIERRE RIBOU, Quay des Augustins, à l'Image Saint Loüis.

M. D. CC. XXIII.

Avec Approbation & Privilege du Roy.

PREFACE.

LE succès de cette Piece ayant passé mon esperance, je n'aurois pas besoin d'une Préface pour en justifier le plan, si les applaudissements dont le Public la honorée ne me faisoient une loy de justifier son goût.

Une vérité philosophique dont je crois que tout le monde doit convenir, a donné lieu à cette Piece, & en fait la fin principale. La voici.

Les Passions ne sont nuisibles à l'homme que par le mauvais usage qu'il en fait, d'où je conclus qu'elles contribueroient à son bonheur, si elles étoient reglées par la Raison.

Cette vérité ma paru si solide & si riante, que je l'ai cruë digne d'être mise dans un plus grand jour, & c'est ce qui m'a engagé à l'exposer aux yeux de tout le monde, sur le Theâtre François.

Je l'ai fait à la faveur d'une Fable allegorique, &, quoy qu'en disent mes censeurs, je me flatte d'y avoir réüssi, puisque j'ay plû au Public désinteressé.

On a beau dire que les suffrages dont je fais tant de bruit ont plûtôt été surpris, qu'ils n'ont été meritez, & que ma Piece n'est nullement dans les regles; je réponds toûjours que j'ay plû & j'ajoûte que, si j'ay plû contre les regles, ces mêmes regles sont faulses; puisque la premiere regle doit être de plaire.

Mais à Dieu ne plaise que je convienne de la fausseté des regles qu'une si longue suite d'années a transmises jusqu'à nous. Aristote ne les a fondées que sur cette premiere dont je viens de parler. A mesure qu'il examinoit les Pieces qui avoient fait du bruit sur la Scene Grecque, il faisoit de sages & de solides reflexions sur les endroits qui avoient été les plus applaudis; il tâchoit de pénetrer par où ils avoient pû plaire, & en faisoit des regles sûres pour ceux qui oseroient un jour marcher sur les pas des Sophocles, des Euripidies, & de tous les grands Maîtres du Theâtre, tant Comique, que Tragique.

Comme la France peut se vanter d'avoir produit des Génies qui ne sont point inferieurs à ceux de l'ancienne Gréce, il seroit à soûhaitter qu'elle produisît quelque nouvel Ariſtote, qui commentât les nouveaux genres de plaire que Corneille, Moliere, & Racine ont heureuſement ajoûtez à ceux que les anciens leur avoient laiſſez.

En attendant qu'une nouvelle poëtique enrichiſſe la Scene Françoiſe; ne nous rendons pas eſclaves des loix qu'on nous a preſcrites, juſqu'à negliger celles qu'on peut avoir obmiſes; plaiſons; & ne demandons rien de plus; notre ſiecle eſt trop éclairé pour prendre le change, & ſon ſuffrage nous doit tenir lieu de regle.

Mais comme il y a une eſpece de tribunal devant lequel ce que j'établis pour regle pourroit ne pas trouver grace, il faut, s'il ſe peut, prouver, à mes Ariſtarques, que ma Piece a dû plaire, & qu'elle ne s'eſt nullement écarté de ces regles generales; qu'ils ne veulent pas y trouver.

Pour parvenir à la fin que je me propoſe, je commence d'abord par donner un argument de ma Piece, y compris le Prologue qui en fait Partie.

Jupiter ſollicité par Aſtrée qui ſoûhaitte redeſcendre ſur la terre, d'où les crimes des hommes l'ont bannie, imagine un nouveau Monde, inacceſſible à ces mêmes Paſſions qui ont corrompu le premier. L'Amour, ſource de toutes les Paſſions, proteste contre ce plan, qui lui paroît attenter sur le droit qu'il a de regner sur tout ce qui respire; Mais Jupiter le fait jurer par le Styx qu'il n'entrera jamais dans ce nouveau Monde, que de l'aveu d'Astrée.

Ce serment rassure Astrée, quoy qu'il ne soit que conditionnel : l'Amour promet de ne jamais entrer dans son nouvel Empire, à moins qu'elle n'y consente elle-même; quelle apparence qu'elle y consente jamais ? elle a trop d'interest à ne point dispenser l'Amour d'un serment, dont l'exécution doit faire la felicité de ses Sujets, & la sûreté de son Empire.

Le nouveau Monde est créé; Mercure & la Raison, sont chargez de l'éducation de ses nouveaux Habitans, un enchaînement de rochers leur ôte toute communication avec les Peuples de l'autre Monde. Cependant; malgré toutes ces précautions, Mercure & la Raison trouvent bien des obstacles que Jupiter n'a pas prévus. La nature a mis dans tous les cœurs le germe des Passions; l'Amour & la Jalousie, se cachent sous les noms specieux d'amitié & de simple désir de préference. La curiosité inseparable de l'esprit humain se met de la partie : le penchant à faire du mal, qui dans l'homme devance même la raison, comme nous le voyons dans les petits Enfants, l'envie de plaire si naturelle aux femmes, & la fureur de rimer qui prend sa source dans le sang, tout cela constitue les personnages de ma Piece & forme les caracteres de mes Heros. Ce n'est d'abord qu'une premiere émotion & non une revolte ouverte ; mais l'arrivée de l'Amour donne un chef à la sedition, & dès ce moment l'étendart de la discorde est levé. Mon Lecteur n'a pas oublié que le serment de l'Amour n'a été que conditionnel, aussi fait-il entendre à Astrée, qu'il n'est entré dans son Empire que de son propre aveu. Il s'y est introduit sous la forme d'un Enfant, échappé du nauffrage, Astrée, eu égard à la foiblesse de son âge, n'a pas craint qu'il apportât chez ses nouveaux Sujets les dangereuses maximes de l'autre Monde ; c'est ce qui l'a déterminée à le secourir, & à inviter par là, ceux sur qui Jupiter la faisoit regner, à exercer les saints droits de l'hospitalité. Voilà tout ce qui se passe dans le Prologue & dans le premier Acte de la Piece : l'Amour introduit en fait le nœud, l'Amour marié à la Raison en fera le denoüment.

Je ne pousse pas cet argument plus loin ; je crois en avoir dit assez pour prouver que ma Piece est dans les regles or-

teste contre ce plan, qui lui p roît attenter sur e d oit qu'il a de regner sur tout ce qui respire; Mais Jupiter le fait jurer par le Styx qu'il n'entrera jamais dans ce nouveau Monde, que de l'aveu d'Astrée.

Ce serment rassure Astrée, quoy qu'il ne soit que conditionnel : l'Amour promet de ne jamais entrer dans son nouvel Empire, à moins qu'elle n'y consente elle-même ; quelle apparence qu'elle y consente jamais ? elle a trop d'interest à ne point dispenser l'Amour d'un serment, dont l'exécution doit faire la felicité de ses Sujets, & la sûreté de son Empire.

Le nouveau Monde est créé ; Mercure & la Raison, sont chargez de l'éducation de ses nouveaux Habitans, un enchaînement de rochers leur ôte toute communication avec les Peuples de l'autre Monde. Cependant ; malgré toutes ces précautions, Mercure & la Raison trouvent bien des obstacles que Jupiter n'a pas prévus. La nature a mis dans tous les cœurs le germe des Passions ; l'Amour & la Jalousie, se cachent sous les noms specieux d'amitié & de simple désir de préference. La curiosité inseparable de l'esprit humain se met de la partie : le penchant à faire du mal, qui dans l'homme devance même la raison, comme nous le voyons dans les petits Enfants, l'envie de plaire si naturelle aux femmes, & la fureur de rimer qui prend sa source dans le sang, tout cela constitue les personnages de ma Piece & forme les caracteres de mes Heros. Ce n'est d'abord qu'une premiere émotion & non une revolte ouverte ; mais l'arrivée de l'Amour donne un chef à la sedition, & dès ce moment l'étendart de la discorde est levé. Mon Lecteur n'a pas oublié que le serment de l'Amour n'a été que conditionnel, aussi fait-il entendre à Astrée, qu'il n'est entré dans son Empire que de son propre aveu. Il s'y est introduit sous la forme d'un Enfant, échappé du naufrage, Astrée, eu égard à la foiblesse de son âge, n'a pas craint qu'il apportât chez ses nouveaux Sujets les dangereuses maximes de l'autre Monde ; c'est ce qui l'a déterminée à le secourir, & à inviter par là, ceux sur qui Jupiter la faisoit regner, à exercer les saints droits de l'hospitalité. Voilà tout ce qui se passe dans le Prologue & dans le premier Acte de la Piece : l'Amour introduit en fait le nœud, l'Amour marié à la Raison en fera le denoüment.

Je ne pousse pas cet argument plus loin ; je crois en avoir dit assez pour prouver que ma Piece est dans les regles ordinaires. Unité d'action, de jour, & de lieu; exposition, nœud, denoüiment. Tout s'y trouve, en faut-il davantage pour constituer une Comedie? quelques demi sçavants ont cru diminuer le prix de ma Piece, en disant que je n'en dois le succès qu'à la nouveauté du genre; s'ils avoient dit vray; ils m'auroient comblé de gloire, en croyant m'abaisser; mais je n'ay garde de me prévaloir de leur erreur. Ce n'est pas à un genie aussi foible que le mien à aspirer à l'honneur d'inventer; j'ay trouvé ce genre tout établi chez les Anciens & chez les Modernes; ce n'est pas une nouvelle découverte qu'une Comedie à Intermedes; les chœurs des anciens n'étoient autre chose, on les a conservez dans les Opera, parce qu'ils y font beauté, & on ne les a supprimez dans les Comedies & dans les Tragedies, que parce qu'on les y a jugez inutiles. Cela n'a pas empêché qu'on n'ait donné des Pieces à Intermedes. Andromede, Psiché, l'Inconnu, & beaucoup d'autres Pieces de ce genre prouvent assez que je n'ay rien innové dans celle cy.

Mais ce ne sont pas ces demi sçavants qui se sont le plus déchainez contre le nouveau Monde; on a vû des Auteurs lui refuser impitoyablement le nom de

Piece. Ce que je viens de dire seroit plus que suffisant pour les convaincre d'injustice & de mauvaise foy; mais comme il se pourroit trouver des gens qui les en croiroient sur leur parole; je vais réfuter d'une maniere plus précise & plus suivie le bruit injurieux qu'ils ont répandu, non par ignorance, mais par un desir malin de nuire à tout ce qui peut leur faire ombrage.

La Comedie n'est autre chose que la représentation de quelque action humaine, ou plûtôt d'une action quelconque; car cette action peut se passer entre des Dieux, comme entre des hommes, & si l'on introduisoit un nouveau genre d'action entre des animaux, d'après les Fables d'Esope, de Phedre & de la Fontaine, cela ne seroit pas indigne du nom de Comedie.

Cette définition supposée; il ne faut qu'avoir des yeux pour accorder ce nom au poëme en question. Soit que l'action qui y est représentée se passe de Dieux à Dieux, de Dieux à hommes, où d'hommes à hommes, elle n'en est pas moins action, & par consequent elle constitue une Comedie dans toutes les formes.

Jupiter créé un nouveau Monde, il y envoye Astrée, Mercure & la Raison:

l'Amour fait ſerment de n'y entrer que du conſentement d'Aſtrée : voilà l'action du Prologue.

Mercure & la Raiſon préparent le lieu où Aſtrée doit venir ; elle y vient ; l'Amour trouve le ſecret d'y entrer ſans violer ſon ſerment ; il en chaſſe la Raiſon ; Mercure l'a va chercher dans les cieux ; il la ramene dans le nouveau Monde ; elle triomphe de l'Amour ; Mercure les marie ; n'eſt-ce pas là de l'action de Dieux à Dieux.

La Raiſon, craignant que Terſandre ne gâte Carite & Euphroſine, le ſépare d'elles. Mercure fait entendre à Terſandre que ſa trop grande curioſité luy a attiré cette punition. Il combat ſon déſir immoderé de ſçavoir. Il condamne l'orgueil farouche d'Alcidamas, l'humeur coquette de Finette, & la malignité du Poëte ; comment doit-on appeller tout cela ? n'eſt ce pas de l'action de Dieux à hommes ? & de l'action aſſaiſonnée de morale ?

L'Amour enſeigne l'art d'aimer à Terſandre & à Carite. Il deſtine un cœur fidelle à Euphroſine & luy défend en même tems de prétendre à celui de Terſandre, qu'il a deſtiné à Carite. Il rend Alcidamas amoureux de cette même Euphroſine ; il combat les préjugez que Mercure & la Raiſon ont jettez dans le cœur de Carite. Autre action de Dieux à hommes.

Enfin tout ce qui ſe paſſe entre Terſandre & Carite, Alcidamas & Euphroſine n'eſt ce pas de l'action d'hommes à hommes ? ajoûtez à cela que ces trois differentes eſpeces d'actions, dont je viens de parler, aboutiſſent à la verité philoſophique que j'ay établie cy-deſſus, comme au centre d'unité. Que faut-il de plus pour honorer ce poëme du nom de Comedie ? je paſſe aux caracteres de mes Heros.

On n'a qu'à parcourir ma Piece pour convenir que mes perſonnages ne ſe démentent point, & agiſſent toûjours conformément au caractere que je leur ai donné. J'ay établi Terſandre amoureux & curieux ; il eſt l'un & l'autre juſqu'à la fin de la Piece ; & l'on a dû remarquer qu'il interroge l'Amour dans le troiſieme acte, comme il a interrogé la Raiſon & Mercure dans le premier. Carite a d'abord paru timide, dans le ſecret penchant qui l'entraine vers Terſandre ; elle garde cette timidité juſqu'après le départ de la Raiſon & de Mercure ; & l'Amour ne détruit pas aiſément en elle les préjugez de l'éducation. Euphroſine a commencé par la jalouſie elle finit de même, & ce n'eſt que par le secours de l'Egide de la Raison qu'elle renonce à Tersandre pour se rendre à la perseverance d'Alcidamas. Alcidamas établi sauvage ne cesse de l'être que pour relever la victoire de l'Amour. Astrée a un caractere de tendresse pour ses Enfants qui lui fait fermer les yeux sur leurs défauts ; l'Amour est jaloux de ses droits & ne paroît y vouloir renoncer que lorsqu'il y est contraint par une force superieure qui l'empêche d'agir librement ; Mercure qui a frondé le plan de Jupiter depuis le Prologue, le censure dans tout le cours de la Piece, quoyqu'il ne laisse pas de remplir le ministere dont on l'a chargé. Je vais finir cette Préface par le caractere de la Raison qu'on a le plus critiqué.

Cette divinité, dont les lumieres nous font discerner le bien d'avec le mal, a paru à certaines gens le personnage le moins raisonnable de la Piece. Mercure, disent ils, l'a fait appercevoir à chaque instant de quelque bevüe qui dément la grande opinion que l'Auteur nous donne d'elle dans la définition que ce même Mercure en fait : il va jusqu'à lui soûtenir en face qu'elle devroit être bannie du commerce des Mortels.

Je conviens que cette proposition seroit trés condamnable si elle étoit absoluë; mais par bonheur elle n'est que conditionnelle,

Voicy comment s'exprime Mercure :

> Oüy, du commerce des Mortels,
> La Raison, selon moy, devroit être bannie,
> Quand elle veut regner avec trop de rigueur.

Cette condition rectifie tout ce qu'on y croit remarquer de plus défectueux : je n'ai prétendu peindre dans cet endroit que cette raison qui donne dans l'excès : c'est par rapport à cet excès que Mercure ajoûte qu'elle rassemble tous les défauts ; aussi voit-on dans mon troisiéme Acte que la Raison rajeunie par Hebé, & embellie par Venus agit d'une maniere bien differente. Quel est le sens allegorique de cette metamorphose ? n'en resulte-t-il pas une verité morale, qui est que la severité ne sert qu'à rebuter les cœurs au lieu que la douceur les gagne ? en effet à peine la Raison paroit-elle aux yeux de l'Amour, sans rides & sans difformité, qu'il commence à l'aimer, autant qu'il l'avoit haïe ; non seulement elle pare le trait qu'il veut lui porter, mais elle le repousse contre lui-même. On n'a qu'à comparer ces deux Raisons & l'on sera forcé d'avouer qu'au lieu d'un caractere j'en ai donné deux également soûtenus.

Voilà quelle est cette Piece dont le succés a paru si peu merité à des yeux peu clair-voyants, ou prévenus. Je n'ai garde ici de m'oppoſer aux ſuffrages qu'on a donnez au jeune Acteur qui a repréſenté l'Amour. Je conviens même, s'il le faut, que je lui dois le ſucces de ma Piece ; mais je voudrois bien que ceux qui ne l'élevent que pour m'abaiſſer fuſſent auſſi ſinceres que moy, & qu'ils convinſſent de bonne foi que le Rôle qu'il a ſi bien joüé a quelque merite. Comme la carriere eſt ouverte à tout le monde, ils n'ont qu'à tenter l'aventure & à lui donner un mauvais Rôle, je leur réponds de la chûte, ce Rôle fût-il montré par un auſſi excellent Maître que Monſieur Quinault, d'aprés qui ce jeune Acteur a joüé le ſien.

LE NOUVEAU

LE
NOUVEAU MONDE;
COMEDIE
PROLOGUE.

ACTEURS du Prologue.

JUPITER.

ASTRE'E.

MERCURE.

La Scene est dans les Cieux.

LE NOUVEAU MONDE,

COMEDIE

PROLOGUE.

Le Theâtre représente le Palais d'Astrée.

SCENE PREMIERE.

ASTRE'E.

SERAY-JE encor long-tems dans
les cieux exilée?
Le sejour des humains fait mes plus
cher desirs;
N'y séray je point rappellée?
Ah, loin de mes enfans, pour moy plus de
plaisirs.
L'ingratitude la plus noire
Les a contre leur mere injustement armez;
Cependant je ne puis bannir de ma memoire
Des ingrats que j'ay trop aimez.

Le maître des Dieux est mon pere ;
Pour moy ses soins vont s'employer ;
Jupiter permet que j'espere,
Et bientôt sur la terre il doit me renvoyer :
Du moins sa tendresse m'en flatte ;
Il veut de mes ennuis borner le triste cours:
Astrée, ouvre les yeux : la terre est une ingrate :
Tu t'en es toûjours plainte & t'en plaindras toûjours.
Mais Mercure vers moy s'avance ;
Il étoit au conseil des Dieux :
Je tremble : vient-il en ces lieux,
Me rendre, ou m'ôter l'esperance ?

SCENE II.

ASTRE'E, MERCURE.

MERCURE.

Bonjour ma sœur.

ASTRE'E.

Bonjour mon frere. Eh ! bien ?
Que viens tu m'annoncer ?

MERCURE.

moy ? rien.

ASTRE'E.

Eh, quoy ? tu n'as rien a me dire,
Toy, par qui je dois être instruite de mon sort !

MERCURE.

Au conseil du celeste empire,
Je viens de faire le rapport.
De votre cause qu'on y plaide ;
Mais je n'ai pû, Deesse, attendre jusqu'au bout.
Eh ! le moyen d'écouter tout ?

Je parle le premier ; Apollon me succede ;
Et moy, du verbiage implacable ennemi,
Je commence à bâiller ; il m'ennuye, il m'excede ;
Car il ne sçut jamais fatiguer à demi.
Enfin, il fait si bien, l'Orateur incommode,
Qu'à force de bâiller, je me trouve endormi
A la troisiéme periode.

ASTRE'E.

L'outrage est un peu vif.

MERCURE.

Vous verrez que j'ay tort.
Dans le conseil des Dieux je veux qu'on en décide :
Je voudrois bien sçavoir de quel droit il m'endort.
Par arrest du Destin, c'est moy seul qui préside
Sur le peuple mort, ou dormant ;
Et je tiens ma gloire blessée,
Quand d'un fade Orateur l'éloquence glacée
Ose attenter impunément
Sur les droits de mon caducée.

ASTRE'E.

Tu parles en rival de sa gloire jaloux :
Il excelle en l'art de bien dire.

MERCURE.

Moy ? jaloux d'Apollon ! quel rival ! il m'inspire,
Plus de pitié que de courroux.
Mon éloquence est mâle & la sienne est femelle,
J'ai seul inventé ce grand art,
Où vous prétendez qu'il excelle.
Il néglige du vray la beauté naturelle,
Et vous met sur le faux une couche de fard
Qui ne plaît qu'au premier regard,
Où l'esprit partout étincelle,
Et la raison n'a point de part.

A l'ébloüissant étalage,
Le sot se laisse prendre, & le flateur soûrit:
Moy, dont le desaveu sur mon front est écrit,
Je ne puis me resoudre à prêter mon suffrage,
Aux fades beautez d'un ouvrage,
Où je ne voy que de l'esprit.
Je jure au faux brillant une immortelle guerre,
Et....

ASTRE'E.

Je ne veux plus t'écoûter.

MERCURE.

Mais....

ASTRE'E.

Dis-moy seulement si je puis me flatter,
De regner encor sur la terre.

MERCURE.

Sur la terre! qui? vous? j'en ay fait tout le tour;
Ce n'est point la vôtre séjour.

ASTRE'E.

Ah! Ciel! que m'apprends-tu?

MERCURE.

Perdez toute esperance.
Non jamais, pour votre retour,
Je n'y trouvai moins d'apparence.
Des plus affreux transports, des plus noires fureurs,
J'ay trouvé la terre agitée;
Elle est fertile en successeurs,
De Tytie & de Promethée:
Les Tantales, les Ixions
Ont inondé votre patrie;
Et l'empire des flots a bien moins de furie
Que le regne des Passions.
J'en ay fait mon rapport dans le conseil celeste;
Tous les Dieux assemblez ordonneront du reste,

ASTRE'E.

Mais encor, que dit Jupiter?

MERCURE.

La dose de pavot qu'Apollon m'a fait prendre,
Ne m'a pas permis de l'entendre ;
Mais comme il prend en vous un interest bien cher ;
En pere complaisant & tendre,
Il bâtit des châteaux en l'air.
Dans de certains moments de someil plus leger,
Certains mots m'ont frappé ;

ASTRE'E.

Quoy ?

MERCURE.

C'est un nouveau Monde.
Qu'il prétend faire exprès pour vous.

ASTRE'E.

Ah ! si Jupiter me seconde,
J'aspire au bonheur le plus doux.
Ne sçais tu rien de plus ?

MERCURE.

J'en dirois davantage:
Mais j'ay de tout le reste une confuse image,
De legeres impressions.
Que sçais je ? pour vous faire un empire tranquile,
Jupiter prétendoit que ce nouvel azile
Fût interdit aux Passions.
Au nom de Passions l'amour prend la parole ;
Il prétend maintenir ce pouvoir souverain,
Qui comprend l'un & l'autre pole ;
Jupiter le caresse & le menace en vain ;
Il en est plus opiniâtre ;
Plus Jupiter le presse, & plus il se défend ;
Quand nôtre superbe marâtre,
Dans cette humeur acariâtre,
(Que vous lui connoissez) de colere étouffant,
Je n'y puis plus tenir, dit-elle :
Qu'on fasse taire cet enfant,

Et qu'on le remette en tutelle.
L'amour à ce sanglant affront,
Se jette tout en pleurs dans les bras de sa mere:
Venus prend sa deffense & déja sur son front,
Eclatte sa juste colere.
Elle veut que son fils à l'instant soit vangé;
Une foule d'amants pour elle s'interesse:
Mars, le terrible Mars, se trouve partagé,
Entre sa mere & sa maîtresse.
Pour moy qui n'aime pas le bruit,
Voyant des Immortels la troupe si troublée,
Je fends la presse, & sors de l'assemblée
Peu satisfait, & mal instruit.
Jupiter vient; Bientôt vous serez plus sçavante.

SCENE III.

JUPITER, ASTRE'E, MERCURE.

JUPITER *à Astrée.*

TOn retour sur la terre est enfin resolu,
Ma fille; je suis maître; à bon droit je m'en vante:
Dans le cœur le plus resolu,
Un seul de mes regards a porté l'épouvante;
Et le conseil a fait tout ce que j'ay voulu.

ASTRE'E.

Quoy? par vos tendres soins je reverrois la terre!

JUPITER.

Non, tu ne verras plus ces perfides humains,
Dont l'aveugle fureur ne peut entre mes mains;
Laisser reposer le tonnerre.
Je te garde, ma fille, un empire plus beau;

Tu vas regner ſur un Monde nouveau.

MERCURE *tout bas à Aſtrée.*

Je vous l'avois bien dit ; il bâtit dans les nuës.

JUPITER.

Je prétends ranger ſous ta loi,
Au reſte des mortels des rives inconnuës,
Et des ſujets dignes de toi.
Je vais leur donner la naiſſance ;
Mais comme leurs talents ſeroient enſevelis,
Dans une ruſtique innocence,
Par une habile main, je veux qu'ils ſoient polis.
A Mercure.
Mercure, tu m'entends, cet honneur te regarde ;
Toi, du monde naiſſant tendre & cher précepteur ;

MERCURE *à part.*

Quel employ ?

JUPITER.

Que dis-tu ?

MERCURE *à Jupiter.*

Je dis que je n'ay garde
De refuſer un tel honneur :
Mais comme par ſes fruits l'arbre ſe fait connoître,
Et la cauſe par ſes effets ;
Ces chers éleves que j'ay faits
N'ont pas fait honneur à leur maître.

JUPITER.

Si tes diſciples ont failli,
La honte juſqu'à toi n'en à pas rejailli.
Ils étoient trop heureux & le ſeroient encore ;
Mais leur farouche orgueil, leurs crimes redoublez.
Firent fondre ſur eux tous les maux que Pandore,
Dans ſa boëte avoit raſſemblez.

MERCURE.

Et qui me répondra qu'une seconde audace,
N'aura pas la même disgrace ?

JUPITER.

Moy. Je les paîtrirai d'un plus parfait limon ;
Que ne fit jadis Promethée.

MERCURE.

J'entends ; on ne verra cette terre habitée,
Que d'hommes de vôtre façon ;
Mais si le commerce de l'autre,
Infecte quelque jour ces nouveaux habitans ;
J'aurai mal employé mon tems,
Et vous aurez perdu le vôtre ?

JUPITER.

J'ai sçu pourvoir à tout. Aux plus hardis Nochers,
Un enchaînement de rochers,
Rendra mon Isle inaccessible.

MERCURE.

Quel plan ! rien n'échappe à vos yeux.
Tous chemins sont fermez : mais du côté des cieux,
L'accès sera-t-il impossible ?
L'Amour en plein conseil vient d'exposer ses droits ;
Il n'en voudra jamais démordre.

ASTRE'E.

Ah si dans mes états l'Amour entre une fois,
Il y jettera le desordre :
Tout sera soumis à ses loix.

JUPITER.

Non ; à moins que tu n'y consentes ;
L'Amour n'y doit jamais entrer.

ASTRE'E.

J'ay pour l'en éloigner, des raisons trop pressantes.

JUPITER.

Ne crains rien ; par le Styx nous l'avons fait jurer.

MERCURE.

Je crains fort qu'il ne soit parjure.
L'Amour n'est pas, dans ses serments ;
Plus fidelle que les amants.

JUPITER

C'est assez ; taisez-vous, Mercure ;
Je vous défends de repartir ;
J'ordonne, obéïssez : soyez prêt à partir.

MERCURE *à part.*

J'enrage au fond du cœur ;

JUPITER.

Allez mettre en usage,
Ces talens qu'en vous seul vous réünissez tous,
Mais comme vos discours me donnent quelque ombrage,
La Raison sera du voyage,
Moins pour vous seconder, que pour veiller sur vous.

Jupiter sort avec Astrée.

SCENE IV.

MERCURE.

En tout, il se croit un grand maître ;
Mais, en frippons, je dois mieux me connoître,
Que tous les habitans du celeste séjour ;
C'est un fin matois que l'amour ;
Un petit scelerat, un traître :
Que jaurois de plaisir qu'il lui jouât d'un tour !

Fin du Prologue.

ACTEURS
de la Comedie.

TERSANDRE. CARITE. ALCIDAMAS. EUPHROSINE. FINETTE. Un POETE.	Habitans du nouveau Monde.

ASTRE'E.
L'AMOUR.
MERCURE.
La RAISON.
Suite D'ASTRE'E.
Suite de L'AMOUR.
Troupe d'Habitans du nouveau Monde.

La Scene est dans le nouveau Monde.

LE NOUVEAU MONDE COMEDIE.

Le Theatre represente une Isle embellie par la Nature & environnée de Rochers.

SCENE I.

MERCURE, la RAISON.

MERCURE.

EH bien! Madame la Raison,
Sur vos nouveaux Sujets comment va
la censure?

La RAISON.

Mal.

MERCURE.

Tenez-vous toûjours leurs desirs en prison?

La RAISON.

Ah! vous me les gâtez, Mercure.

MERCURE.

J'exerce pourtant mon employ
Avec une exacte droiture.

La RAISON.

Vous les instruisez trop:

MERCURE.

Dites que la nature
Les instruit encor mieux que moy.
Des mains de Jupiter cette Terre est l'ouvrage;
On la voit chaque jour se peupler d habitans
De l'un & l'autre Sexe; & même de tout âge,
Quoyque formez en même tems:
Mais que sert à ce nouveau Monde
Ce rempart de rochers l'un à l'autre enchainez?
Et ce vaste espace de l'onde,
Dont ses bords sont environnez?
L'Amour qui ne voit rien que son pouvoir n'embrasse,
A bien dû rire entre ses dents,
De voir fortifier les dehors d'une Place
Dont il occupoit les dedans.
Il nous attendoit de pied ferme;
Ses traits, quoyqu'inconnus, étoient déja vainqueurs:
Des passions, dans tous les cœurs,
La nature à jetté le germe.

La RAISON.

Que dites-vous? vous me faites trembler.
Mais non; mal à propos vous voulez me troubler.
De passions icy j'interdis tout commerce,
J'en preserve mes nourissons.

MERCURE.

Vous voyez cependant que la nature perce
A travers toutes vos leçons.
Mais pourquoy Jupiter s'est-il mis dans la tête

De faire l'homme sans desirs ?
N'est-ce pas le placer au dessous de la bête ?

La RAISON.

Il n'a point de chagrins.

MERCURE.

Il n'a point de plaisirs.

La RAISON.

Si l'on s'en rapporte à Mercure,
Il faut donc livrer l'homme au torrent de ses vœux ?

MERCURE.

Il faut que l'homme soit heureux;
C'est le premier penchant qu'inspire la nature.

La RAISON.

Eh quoy ! n'est-ce pas s'assurer
La felicité la plus pure,
Que n'avoir rien à desirer ?

MERCURE.

Non, la nature veut qu'on soit ce qu'on doit être.
Et dans les cœurs met des impressions
Qu'avec l'âge l'homme voit croître :
Esclave né des passions,
Qu'il vive tel qu'on l'a fait naître.

La RAISON.

Si c'est-là votre sentiment,
Je tremble . . .

MERCURE.

Un peu trop loin je m'emporte peut-être;
Pour être heureux parfaitement,
Il faudroit que l'esclave à son tour devint Maître;
Mais un effort si grand, si beau, si glorieux,
Mettroit l'homme au dessus des Dieux.

La RAISON.

A des traits si hardis je reconnois Mercure.

MERCURE.

Et je vous reconnois à ce trait de censure.

Vos soupçons éternels . . . mais calmez vôtre effroy :
Bien tôt, d'un second tel que moy,
Vous allez être delivrée,
Et dans ce jour j'attends Astrée,
Pour luy remettre mon employ.

La RAISON.

Non, il faut en ces lieux achever votre ouvrage :
Demeurez, je n'ay plus d'ombrage.
Mais comme la nature & son penchant fatal
Sont plus forts que nous ne le sommes,
Eloignons le danger, pour prevenir le mal ;
Separons les femmes des hommes.

MERCURE.

Qu'osez-vous proposer ? ah ! tout seroit perdu.
Je connois les mortels : dans mon premier voyage,
A les étudier mon soin fut assidu ;
D'une chose permise ils negligent l'usage :
Mais rien ne leur plaît davantage
Que ce qui leur est deffendu.
Et d'ailleurs quel pretexte prendre ?
Il est des esprits en ces lieux
Qui ne sont que trop curieux :
Que pourrois-je dire à Tersandre ?
Vous sçavez qu'il veut tout apprendre ;
Et s'il faut l'avoüer, malgré tous mes détours,
Il m'embarrasse tous les jours.
Mais avec Carite il s'avance ;
Ils s'aiment sans sçavoir, ni comment, ni pourquoy ;
Loin de les éclairer, laissons-les sur la foy ;
De cette tranquille ignorance.

Mercure sort.

La RAISON *à part.*

Le conseil de Mercure est un peu dangereux ;
Je veux à tous momens avoir les yeux sur eux.

La Raison sort.

SCENE II.

TERSANDRE, CARITE.

CARITE.

Que le Ciel est serrein ! & que la terre est belle !

TERSANDRE.

Il est vray, tout brille à nos yeux;
On voit qu'une main immortelle
A pris soin d'embellir ces lieux;
Nous marchons sur des fleurs nouvellement écloses,
Les arbres toûjours verds se courbent sous les fruits,
Qui sans culture sont produits:
Mais l'émail de ces prez, l'incarnat de ces roses,
A mes regards distraits viennent s'offrir en vain:
Je ne suis point content, & je m'ennuye enfin
De voir toûjours les mêmes choses.

CARITE.

Que dites-vous, Tersandre ? ah ! craignez le courroux
De la Raison & de Mercure;
Ces jardins par les Dieux ne sont faits que pour nous;
Et mépriser leurs dons, c'est leur faire une injure.

TERSANDRE.

Vous seule sur mes sens avez plus de pouvoir,
Que ces beautez dont je les quitte;
Et quels que soient ces lieux, je croirois n'y rien voir
Si je n'y voyois point Carite.

CARITE.

Je pense comme vous; mais je ne le dis pas.

De peur qu'on ne puisse m'entendre.
Ces jardins à mes yeux auroient bien moins d'appas,
Si je n'y voyois point Tersandre.

TERSANDRE.

De quel trouble à ces mots, mon cœur se sent saisir !
Qu'un aveu si charmant me touche !
D'où vient que tous ces biens me sont moins de plaisir,
Qu'un mot qui sort de votre bouche ?

CARITE.

C'est un effet de l'amitié ;
Qu'en toutes ses leçons Mercure nous inspire.

TERSANDRE.

Ah ! quoyqu'il semble nous en dire,
Il nous en cache la moitié ;
Il nous laisse dans l'ignorance ;
L'amitié dont il parle a des transports moins doux ;
C'est un lien, dit-il, qui doit nous unir tous,
Sans admettre de preference ;
Et cependant d'Alcidamas à vous,
Je fais beaucoup de difference.

CARITE.

Qu'entends-je ? quel rapport de votre cœur au mien !
Je vous aime bien plus que je n'aime Euphrosine.

TERSANDRE.

J'en cherche la raison ; je rêve, j'imagine ;
Mais mon esprit confus ne s'arrête sur rien.

SCENE III.

TERSANDRE, CARITE, EUPHROSINE.

EUPHROSINE *tenant un nid dans sa main.*

Je vous cherche par tout, Tersandre;
Vous seul pouvez connoître à force d'y réver,
Ce que dans un buisson le sort m'a fait trouver:
Pour moy, je n'y puis rien comprendre.

TERSANDRE *prenant le nid.*

Tout ce que Mercure m'a dit,
C'est que cela s'appelle un nid:
Mais je n'en connois point l'usage.

SCENE IV.

La RAISON, TERSANDRE, CARITE, EUPHROSINE.

La RAISON.

Vous n'en sçaurez pas davantage.

TERSANDRE *à la Raison.*

Eh! pourquoy sur ce point ne nous pas éclairer?

La RAISON.

Vous voulez tout sçavoir; c'est là ce qui m'irrite,
Vous gâteriez enfin Euphrosine & Carite,
Et pour jamais je vais vous separer:

CARITE.

Nous separer!

TERSANDRE.

D'où vient cette rigueur extrême ?

La RAISON.

J'ay mes raisons pour vous punir.

TERSANDRE.

Quoy ! Mercure en ces lieux ordonne que l'on s'aime,
Et vous voulez nous desunir !

La RAISON *à Tersandre.*

Mercure n'a pour vous que trop de complaisance ;
Tranquille, il s'endort sur la foy
D'une prétenduë ignorance.
à Carite & à Euphrosine.
Suivez moy toutes deux ; fuyez de sa presence.

EUPHROSINE.

Que j'en ay de plaisir !

La RAISON.

Pourquoy ?

EUPHROSINE.

Pourquoy ? c'est que Carite y perdra plus que moy.

La RAISON.

Comment ?

EUPHROSINE.

Avec chagrin je vois la difference
Que Tersandre met entre nous.

La RAISON *à part.*

Quoy ! déja dans les cœurs des sentimens jaloux !
à Euphrosine.
Mais pourquoy vous fâcher d'un peu de preference ?

EUPHROSINE.

Je l'expliqueray mal ; mais je le sents bien mieux.
Tenez ; pour un moment souffrez que je suppose
Que j'arrive dans ce jardin,
Et que je veux parer mon sein
Ou d'un œillet, ou d'une rose ;

Que je choisis l'œillet, comme plus à mon gré;
Je dis que, s'il étoit possible,
L'œillet choisi seroit sensible
Au plaisir d'être preferé.

La RAISON.

De ce secret dépit j'aime à voir l'innocence;
Mais, pour votre bonheur, je dois rompre des nœuds.
Qui me paroissent dangereux.
à Euphrosine & à Carite.
Venez.
à Tersandre.
Vous, demeurez.

TERSANDRE.

Quelle injuste puissance!

La RAISON *à Tersandre.*

Placez ailleurs votre amitié?

TERSANDRE.

Je sens que pour Carite, au moment de l'absence,
Elle redouble de moitié.
De grace ...

La RAISON *prenant Carite & Euphrosine par la main.*

Eloignons-nous, je ne veux rien entendre.

TERSANDRE.

Adieu, Carite.

CARITE.

Adieu Tersandre.
à part.
Que son destin me fait pitié!

SCENE V.

TERSANDRE.

C'En est donc fait ! ah cruelle ! ah barbare !
Je cede à mon mortel ennuy ;
Mais d'où vient qu'elle nous sépare ?
Je vois venir Mercure ; il faut m'en plaindre à luy.

SCENE VI.

MERCURE, TERSANDRE.

MERCURE.

TERSANDRE, quavez-vous ? quel trouble vous agite ?

TERSANDRE.

Ce que j'ay ! pour jamais on m'arrache Carite.

MERCURE.

Qui ?

TERSANDRE.

La Raison.

MERCURE.

Pourquoy ?

TERSANDRE.

Pour moins que rien ;
Ce nid que vous voyez à causé sa colere.

MERCURE *à part.*

Elle gâtera tout, pour être trop severe.

à Tersandre.

Tersandre, je me doute bien
D'où peut venir votre disgrace;
Vous aurez demandé quelque éclaircissement.

TERSANDRE.

Je n'avois pas ouvert la bouche seulement.

MERCURE.

Elle a prévenu votre audace.

TERSANDRE.

Chere Carite, helas! ne vous verray-je plus?

MERCURE.

Dedommagez vous de sa perte;
Ce nid vous reste au moins; vous serez là-dessus
Quelque nouvelle découverte.

TERSANDRE.

Non; rien ne peut me consoler.

MERCURE.

Cela doit desormais vous apprendre à parler,
Tersandre, ou plûtôt à vous taire.

TERSANDRE.

Je n'avois point point parlé; je vous l'ay déja dit;
Mais, puisqu'on m'y contraint, examinons ce nid;
Il renferme quelque mystere.

MERCURE.

Et quel mystere enfin pourroit-il renfermer?

TERSANDRE.

Carite fut toûjours ma compagne fidelle;
D'où vient que pour ce nid on me separe d'elle?
Vous même, vous m'aviez ordonné de l'aimer;
Je ne sçais plus auquel entendre:
Vous m[illegible] dit cent fois & cent fois repeté,
[illegible]reils l'amitié la plus
Qu'on doit à ses p[illegible]
tendre, [illegible]endre
Et que trop loin on ne sçauroit [illegible]

Les nœuds de la societé.

MERCURE.

Aimez Alcidamas.

TERSANDRE.

Dois-je haïr Carite ?

MERCURE.

Non ; mais, sans demander pourquoy,
Il faut vous soumettre à la loi
Que la Raison vous a prescrite.
Fermez les yeux.

TERSANDRE.

J'y fais ce que je puis ;
Mais, par l'ignorance où je suis,
Le desir de sçavoir dans mon ame s'irrite.

MERCURE.

Et c'est pour votre seul repos,
Que je veux vous ôter cette envie imprudente ;
Ce désir de sçavoir est une fiévre ardente,
Qui vous consume jusqu'aux os.
Croyez-moy ; laissez la l'importune science ;
Un désir par un autre est sans cesse excité ;
Et ce n'est que dans l'ignorance,
Qu'on trouve la felicité.

TERSANDRE.

Mais enfin dites moy, Mercure,
Est-ce pour ne rien voir qu'on nous a fait des yeux ?

MERCURE.

Et ne voyez-vous pas cette terre ? ces cieux ?
Ces bois, ces prez ? cette verdure ?
Et tout ce que pour vous a produit la nature ?

TERSANDRE.

Je ne vois plus Carite ;

MERCURE.

[illegible] encor Carite ?

TERSANDRE.

Helas !

MERCURE.

MERCURE.

Carite est un objet qui vous seroit funeste.

TERSANDRE.

Que je puisse voir ses appas;
Je vous quitte de tout le reste.

MERCURE.

Vous êtes insensé Tersandre, je le voi.
Quoy? pour un seul objet quitter tant d'autres choses
Dont l'éclat....

TERSANDRE.

Que m'importe à moy.
De voir ces grands effets dont j'ignore les causes?
Je ne puis m'en tenir au superficiel.

MERCURE.

Tout, si l'on vous en croit, est à votre portée;
Et vous êtes un Promethée.
A dérober le feu du Ciel.
Je vous ai mille fois appris son sort funeste.
Tremblez.

TERSANDRE.

Ce n'est pas mon deffaut.

MERCURE.

Le Caucase est témoin....

TERSANDRE.

Pourquoy monter si haut?
Pour prendre un essor plus modeste,
Ne sortons pas de notre nid.
Le voilà.

MERCURE *examinant le nid.*

Le bel art! avec tout votre esprit,
En feriez-vous autant? un oiseau vous surmonte.

TERSANDRE.

C'est là nous faire entendre à tous
Que les oiseaux à notre honte,
Ne sont pas si bêtes que nous.

MERCURE.

Eh quoy n'avez-vous pas un trésor en partage?
La Raison.

TERSANDRE.

La Raison! elle est dans l'esclavage.
C'est un oiseau captif que ce rare trésor;
A peine prend-il son essor,
Que vous le remettez en cage.

MERCURE.

Je l'empêche de s'égarer:
Mais changeons un peu de matiere.

TERSANDRE.

Non; puisque le hazard m'ouvre cette carriere,
A me répondre à tout il faut vous préparer,
Et me confondre, ou m'éclairer.
Dans ce nid, dont vos yeux admirent la structure,
J'appercoi des oiseaux qui sont encor petits;
Qui les a mis?

MERCURE.

Qui? . . . . la nature.

TERSANDRE.

La nature! fort bien. Mais d'où sont-ils sortis?

MERCURE.

C'est . . . comme du bouton on voit sortir la rose:
La nature les a produits,
Comme les arbres font les fruits.

TERSANDRE.

Ma foy; cette nature est une belle chose.
Mais je voudrois en vain être mieux éclairci;
Vous faites bien ce que vous faites;
Je vois que, pour m'instruire ainsi,
Vous avez des raisons secretes.
Et je vais desormais, dans mes justes soupçons,
Prendre le contrepié de toutes vos leçons.

MERCURE.

Voilà ce qu'on appelle un disciple docile.

TERSANDRE.

A croire tout ce qu'il vous plaît,
Alcidamas est plus facile.

MERCURE.

Vous feriez sagement de l'être autant qu'il l'est :

TERSANDRE.

Vous avez fait en lui sans doute un bel ouvrage ;
Il reçoit vos leçons ; mais quel en est le fruit ?
A peine l'avez-vous instruit,
Qu'une massuë en main, affamé de carnage,
Il court dans les forêts, mille fois plus sauvage,
Que tous les monstres qu'il détruit.
Mais le voici ce disciple fidelle.

SCENE VI.

MERCURE, TERSANDRE, ALCIDAMAS *une massuë à la main.*

ALCIDAMAS *sans appercevoir ni Mercure, ni Tersandre.*

Quel triomphe! partout j'ay répandu l'effroi;
Les lions & les ours, tout a fui devant moi.

MERCURE *à part.*

Ne pourrai-je adoucir cette humeur si cruelle ?

ALCIDAMAS.

Ah ! ah ! Seigneur Mercure, est-ce vous que je voi ?
Ça ; parlez j'aime à vous entendre.

Que disiez-vous à notre ami Tersandre ?
Il fait quelquefois le Docteur.

MERCURE.

C'est tout ce que je trouve en lui de condamnable.

ALCIDAMAS.

Il a tort.

MERCURE.

Mais aussi votre farouche humeur,
Ne me paroît pas pardonnable

ALCIDAMAS.

Il est-vrai ; je suis fier.

TERSANDRE *à part.*

Il veut dire brutal.

MERCURE.

Mais pourquoy l'êtes vous ?

ALCIDAMAS.

La nature en est cause.

TERSANDRE *à Mercure, tout bas.*

Il vous rend vos leçons d'après l'original ?

MERCURE.

Quel fruit vous en revient ?

ALCIDAMAS.

Un plaisir sans égal ;
Et comptez-vous pour peu de chose
Le plaisir de faire du mal ?

TERSANDRE *tout haut à Mercure.*

Vous l'entendez.

ALCIDAMAS *repoussant Tersandre.*

Tais-toy ; laisse parler Mercure.
Tu te prévaux toûjours de ce que la nature,
T'a donné plus d'esprit qu'à moy ;
Mais j'ay de meilleurs bras que toy.
Hors Mercure, je veux que tout me rende hommage,

Il le menace de sa massuë.

Ou. . . .

MERCURE.

Quittez cet orgueil sauvage.
Prétendez-vous un jour le tonnerre à la main
Exterminer le genre humain ?
J'aime à voir pour les Dieux votre respect extrême :
Mais Alcidamas, entre nous ;
Vous braveriez Jupiter même,
S'il étoit plus foible que vous.

ALCIDAMAS.

Ah ! c'est trop soûtenir un discours qui m'offense
Que n'êtes-vous mortel ! j'en tirerois vangeance.

SCENE VII.

MERCURE, TERSANDRE.

TERSANDRE.

C'Est donc là tout le fruit de sa docilité !

MERCURE.

On peut, de cette humeur hautaine,
Triompher avec moins de peine
Que de votre incredulité.
Mai sallez ; de vos jours le plus beau vous éclaire ;
Astrée en ce moment va descendre des Cieux :
Assemblez tout le peuple & que chacun revere
La fille du plus grand des Dieux.

TERSANDRE.

J'observe avec plaisir la loi qui m'est prescrite.

MERCURE *à part.*

Quoy ? se seroit-il corrigé ?

TERSANDRE.

La fête est générale & j'y verrai Carite ;
Et malgré la Raison. . . .

MERCURE *à part.*

Le voilà bien changé !
Par sa prévoyance maudite,
La Raison a tout dérangé.

SCENE VIII.

MERCURE, FINETTE.

MERCURE *appercevant Finette sur le bord d'une fontaine.*

Mais qu'est-ce que je voi près de cette fontaine ?
Quelqu'un y reve, ou prend le frais ;
Qui seroit ce ? j'ay de la peine
A pouvoir discerner ses traits
Ay-je pû m'y tromper ? c'est la jeune Finette ;
Dans l'art de coquetter la fripone ira loin ;
Elle fait son unique soin
De justifier sa planette ;
Et si ses voeux ne sont trahis,
Elle commence sa carriere
A laisser un jour en arriere
Et les Phinez & les Laïs.

MERCURE.

Bon jour, la belle enfant ;

FINETTE.

Vous me trouvez donc belle ?

MERCURE.

D'un simple compliment vous faites trop de cas:
Belle est un nom dont on appelle,
Telle qui prétend l'être & souvent ne l'est pas.

FINETTE.

Oh! pour moi je le suis sans doute:
Et c'est sans compliment qu'on me donne ce nom.

MERCURE.

Et si je vous disois que non,
Que diriez-vous?

FINETTE.

Que vous ne voyez goûte.
Grace au Ciel, j'ai des yeux aussi bons qu'ils sont beaux,

MERCURE.

Mais pouvez-vous vous voir vous-même?

FINETTE.

Oh! qu'oüy: tous les jours sur les bords des ruisseaux,
Je me mire au travers des eaux;
Et j'y prends un plaisir extrême,
Que j'aime à me trouver un minois si joli!
Le plaisir que j'en ai me prête encor des graces.

MERCURE *à part.*

Et voilà l'usage des glaces.
Sans le secours de l'art en ces lieux établi.
à Finette.
Mais toûjours de vous-même êtes-vous si contente?

FINETTE.

Non; le sort quelquefois vient tromper mon attente.

MERCURE.

Comment?

FINETTE.

Pour m'ôter mes attraits,

Il ne faut presque rien, un Zephir, un nuage;
Sur l'onde où je me peins semblent passer exprès,
L'un pour me rider le visage,
L'autre pour effacer mes traits:
Quel chagrin dans mon cœur il n'est rien qui ne cede
Au dépit que je sens de me voir vieille, ou laide.

MERCURE.

Mais puisque vous voir belle est votre seul desir;
Vous avez du chagrin quand la nuit est venuë;
Vous ne vous voyez pas;

FINETTE.

Je songe avec plaisir,
Que dans le jour je me suis vuë.

MERCURE.

Mais lorsque vous dormez?

FINETTE.

Il le faut avouer;
Alors tout mon plaisir s'envole;
Et je ne m'entends plus loüer;
Mais une chose m'en console.

MERCURE.

Quoy?

FINETTE.

C'est que le sommeil me raffraichit le tein,
Pour paroître plus belle encor le lendemain.

MERCURE.

C'est vous dedommager & même avec usure,
De ce que vous perdez d'ailleurs.
Mais, dites-moi, pourquoi ce melange de fleurs?
Pourquoi toute cette parure
Dont vous prenez un si grand soin?
A quoi l'employez vous?

FINETTE.

A plaire.

MERCURE.

A qui ?

FINETTE.

Le soin du choix ne m'embarasse guere;
Au premier que je trouve, à vous s'il est besoin.

MERCURE.

Mais, lorsque vous plaisez, quel dessein est le votre ?

FINETTE.

Je vous l'ai déja dit ; de plaire uniquement.
Si ce n'est pas vous, c'est quelqu'autre
Qui vient sur ma beauté me faire compliment.

MERCURE.

Mais si c'étoit sans en rien croire,
Que dans le rang de belle on daignât vous placer?

FINETTE.

Qu'importe ? on sert mieux notre gloire
A le dire qu'à le penser:
Qu'on le dise en tous lieux, que l'écho le repete.

MERCURE *à part.*

Voilà je le confesse une franche coquette.

FINETTE.

Adieu.

MERCURE.

Quoi ? me quitter sitôt !

FINETTE.

C'est à regret ; mais il le faut.

MERCURE *à part.*

Fixer un tel esprit seroit chose nouvelle ;
Je n'en viendrai jamais à bout.
à Finette.
De grace demeurez.

FINETTE.

Ma gloire ailleurs m'appelle,
Et je vais publier partout,
Que Mercure me trouve belle.

SCENE IX.

MERCURE.

VA ; la Raison vient de pourvoir ;
Au grand soin que tu prends de plaire ;
Tu ne t'en donneras plus guere
N'ayant que des femmes à voir.
Mais à mes yeux encor quel objet vient paroître ?
Son visage effaré, ses transports furieux,
Ne le font que trop reconnoître,
C'est le Zoïle de ces lieux,
Qui pour fecondité donne du pléonasme,
Du bisarre pour du nouveau ;
Et prend un transport au cerveau ,
Pour le divin enthousiasme.

SCENE X.

MERCURE, le POETE.

Le POETE *sans appercevoir Mercure.*

QUoy ? ne puis-je trouver... à la fin m'y voilà.

MERCURE *à part.*

court après quelque chimere.

Le POETE.

Non ; ce n'est pas encor cela.

MERCURE.

Voilà son langage ordinaire,
Et son ordinaire maintien.

Le POETE.

Je le tiens. . . il méchappe & je ne tiens plus rien.

MERCURE *en le saisissant.*

Et moy je tiens un fou.

Le POETE.

Qu'avez-vous fait, Mercure ?
Sans vous, j'allois tirer du creux de mon cerveau,
Quelque chose de si nouveau,
Que j'aurois surpris la nature.
Déja j'épouvantois & la terre & les cieux,
Je faisois trembler l'enfer même,
Et plein de ma fureur extrême,
Je confondois les hommes & les Dieux.

MERCURE.

à part.

Il a le sang brûlé. Mais sur quelle matiere
Forgeois-tu cet ouvrage à tes yeux si charmant;
Et qui de la nature entiere
Devoit être l'étonnement ?

Le POETE.

Pour l'admirer vous-même, écoutez seulement.
Erebe, Phlegeton, Styx, Averne, Cocyte;
Pretez-vous à ma voix, tout vous en sollicite :
Ouy, je vais sur vos bords faire entendre des vers
Dignes de ma fureur, & dignes des enfers.
Je dois toute ma rage à qui me desespere,
J'ay mêlé dans mon fiel l'écume de Cerbere,
Perdons un fier Rival, & toy fleuve d'oubly,
Que son nom sous tes flots demeure enseveli.

MERCURE *luy mettant la main sur la bouche.*

Tais-toy : je n'en veux pas entendre davantage;
Apprends-moy seulement sur qui tombe ta rage.

Le POETE.

Sur Tersandre.

MERCURE.

Sur luy ! pourquoy ?
Ton choix me surprend, je l'avoüe.

Le POETE.

Quoy ? je vois que chacun le loüe ;
Et qu'aucun ne parle de moy ,
Et je le souffrirois ! non ; il n'est pas possible :
Je l'ay mille fois confondu ;
Mais toûjours à ses yeux j'ay paru si terrible ,
Qu'il ne m'a jamais répondu.
J'y reviens à plusieurs réprises
Mais le lâche ! il recule ; il fuit devant mes pas.

MERCURE.

Et pourquoy l'attaquer , puisque tu le méprises ?

Le POETE.

Si je le méprisois , je n'en médirois pas.
Je vous le confesse avec peine ;
Et je sens pour comble d'ennuy ,
Que l'estime que j'ai pour luy ,
Le vange de toute ma haine.

MERCURE.

Il faut avoir un cœur bien lâche & bien méchant !

Le POETE.

Que voulez vous ? c'est mon panchant.

MERCURE.

Çà , puisque ton panchant te porte à la satyre ;
Je vais t'offrir moy-même un sujet à médire.

Le POETE.

Quel sujet ?

MERCURE.

C'est Alcidamas.

Le POETE.

Alcidamas ? grands Dieux ! cessez de le prétendre ;
Le choc seroit trop dangereux ;
J'aime mieux m'éguayer sur quelque malheureux ,
Qui ne puisse pas se deffendre.
Au nom d'Alcidamas j'ai mille fois fremi ,
Du combat je craindrois l'issuë ;

Je ne veux point d'un ennemi
Qui répond à coups de massuë.
Ordonnez-moy plûtôt de chanter son grand cœur;
Des monstres des forests je le peindrai vainqueur.

MERCURE.

D'un si coupable encens tu me rendrois complice!
Miserable! que prétends-tu?
Tu gardes ton miel pour le vice!
Et ton fiel contre la vertu!
Je tay cent & cent fois deffendu de médire;
Mais malgre moy tu l'as voulu,
Et ton panchant pour la satyre
Sur mes leçons à prévalu.

Le POETE.

Quoy? d'un si beau talent ne faire aucun usage?

MERCURE.

Pour ton bien, demeure en repos,
Crois-moy n'excite point d'orage
Qui retombe enfin sur ton dos.
Tu m'entends.

Le POETE *en se frottant les épaules.*

En effet; j'aime la prévoyance;
Vos conseils sont bons & censez;
Et du sort que vous m'annoncez
Je pourrois tôt ou tard faire l'experience.
Mais c'est à vous à m'enseigner
Un secret pour purger ma bile.

MERCURE.

en le chassant.

Je ne suis pas assez habile;
Va; commence toûjours par te faire saigner.

SCENE XI.

MERCURE.

QUe tout ce que je vois m'est d'un sinistre
augure,
Maître de l'empire azuré,
Par votre ambassadeur Mercure
Vous avez en ces lieux vraiment bien operé.
Voyez comme tout y succede
Au gré de vos intentions:
Vous vouliez en fermer l'entrée aux Passions,
Et bientôt il faudra recourir au remede,
Au deffaut des précautions.
Vous n'avez qu'à descendre, impatiente Astrée;
Jupiter vous a fait un empire charmant:
Mais il s'est trompé lourdement,
S'il a compté sur sa durée.
Quel bruit? ces sons harmonieux,
M'annoncent déja sa présence:
Au devant de ses pas il faut que je m'avance:
Apprenons aux Mortels à respecter les Dieux.

SCENE XII.

ASTRE'E, MERCURE, la RAISON, Troupe d'habitans du nouveau Monde.

Marche.

ASTRE'E.

DAns ce brillant séjour que tout me rende
hommage.
Des Mortels autrefois j'ay comblé les desirs;

Nymphes qui me suivez, rappellez-moy l'image,
De ma gloire & de leurs plaisirs.

On danse:

Deux HABITANS du nouveau Monde, *à Astrée.*

Regnez, favorable Immortelle;
Les plaisirs volent sur vos pas;
Votre présence les rappelle
Dans ces heureux climats:
Regnez, &c.

On danse:

Un HABITANT du nouveau Monde *à Astrée.*

Vous rassemblez sur ce rivage
Les plaisirs, les ris & les jeux:
Je m'en tiens à ce doux partage,
Et ne forme point d'autres vœux:
On cesse bientôt d'être heureux,
Quand on veut l'être davantage.

On danse.

Un autre HABITANT du nouveau Monde *à Astrée.*

Notre sort est digne d'envie;
Mais, pour bien joüir de la vie,
Menageons-en tous les instants:
Le plaisir, dès qu'il nous échappe,
S'envole sur l'aîle du tems,
Et jamais on ne le ratrappe.

On danse :

VAUDEVILLE.

Une NYMPHE de la suite d'Astrée à *Astrée.*

La paix & l'innocence,
Suivent par tout vos pas ;
Par vous dans ces climats
Doit regner l'abondance.
Beaux jours de l'âge d'or,
Vous revenez encor ?

Une autre NYMPHE.

Que l'enfance du monde,
Estoit un âge heureux !
Au gré de tous nos vœux ;
La terre étoit feconde,
Beaux jours de l'âge d'or,
Vous revenez encor.

FINETTE.

Une jeune Fillette
Doit plaire en son printems :
Quand on perd ses beaux ans,
Que sert qu'on les regrette ?
Beaux jours de l'âge d'or,
Revenez vous encor ?

TERSANDRE.

Par une loy severe,
J'ay perdu mes plaisirs :
Pour rendre à mes desirs
L'objet qui m'a sçu plaire,
Beaux jours de l'âge d'or,
Reviendrez-vous encor ?

SCENE

SCENE XIII.

CARITE & les Acteurs de la Scene précedente.

CARITE.

GRace, grace.

ASTRE'E.

Que veut cette fille éplorée ?

CARITE.

Grace, grace, divine Astrée.

ASTRE'E.

Que me demandez-vous ?

CARITE.

Puissiez-vous m'exaucer ?
Un vaisseau sur ces bords vient de faire naufrage ;
Un tendre mouvement dont je me sens presser,
Aussitôt me fait avancer :
J'arrive & vois sur le rivage
Un enfant.... quel enfant ! à ses pleurs, à ses cris,
Les rochers semblent attendris.
Porté par des Dauphins, il s'est sauvé de l'onde,
Mais il va perir dans le port,
Si l'on ne prend soin de son sort.
Vous voyez ma douleur profonde ;
Prononcez son arrest, Déesse, & songez bien
Que cet arrest sera le mien.

Astrée à Mercure & à la Raison.

Si ce n'est qu'un enfant, des mœurs de l'autre monde,
Il ne peut pas encore être infecté ;

au Peuple.

Allons le secourir ; que chacun me seconde :
Exerçons les saints droits de l'hospitalité.

Fin du premier Acte.

ACTE II.

SCENE PREMIERE.

MERCURE, la RAISON.

La RAISON.

NOn ; mon dépit, Mercure, égale ma surprise,
Et je n'en sçaurois revenir ;
Pour un enfant on nous méprise !
Il ne reste qu'à nous bannir.

MERCURE.

Comme en tout vous êtes extrême !
Dans un juste milieu l'ame doit se tenir ;
Vous l'avez dit cent fois ; je dois m'en souvenir :
Cependant, contraire à vous même,
Vous donnez toûjours dans l'excès ;
D'un rien vous faites de grands crimes;
Vous même à vos sages maximes,
N'est-ce pas faire le procès ?

La RAISON.

Quoy ? vous comptez pour rien l'injuste préference
Qu'un simple enfant emporte & sur vous & sur moy !

MERCURE.

C'est sans m'en étonner que je m'en apperçoy ;

La RAISON.

Comment ?

MERCURE.

De nous à luy quelle est la difference !
Il est doux, beau, riant : mais laissons la beauté ;
Un seul point le rend préferable,
Il est nouveau venu ; quel bien est comparable
Au charme de la nouveauté ?

La RAISON.

Ah ! n'en dites pas davantage.
C'est votre facile bonté
Qui rend ce peuple si volage ;
Je vous l'ai déja dit ; vous me l'avez gâté.

MERCURE.

Craignez que ce reproche enfin ne vous attire ;
Quelque fâcheuse vérité.

La RAISON.

Eh ! quoy donc ?

MERCURE.

Tout le mal, puisqu'il faut vous le dire ;
Vient de votre severité.

La RAISON.

Je vois trop ce qu'icy votre cœur se propose ;
Mais devant Jupiter je plaideray ma cause.

MERCURE.

Croyez moy, par nos differents,
N'attirons point sur nous la censure des hommes ;
Surtout à leur égard soyons plus endurants,
Et de leurs Peres que nous sommes,
Ne devenons pas leurs Tyrans.

La RAISON.

Ainsi donc mon empire est une Tyrannie ;
Il faut dans l'univers détruire mes autels.

MERCURE.

Oüy, du commerce des Mortels
La Raison, selon moy devroit être bannie,
Dès qu'elle veut regner avec trop de rigueur.

La RAISON.

Taisez-vous.

MERCURE.

Non ; il faut que j'épanche mon cœur.
Avec tant de deffauts vous voulez qu'on vous aime !

La RAISON.

Moy, des deffauts !

MERCURE.

Vous les rassemblez tous ;
Çà, si vous le pouvez, repondez sans courroux,
Et définissez vous vous même,
Où je vais le faire pour vous.
Qu'est-ce que la Raison ? c'est le flambeau de l'ame,
Qui lui fait discerner & le bien & le mal :
Pour le premier il faut quelle s'enflamme,
Qu'elle ait pour le dernier un dégoût sans égal ;
Cependant en ces lieux quel project est le vôtre ?
Vous voulez qu'on ne sçache rien :
Et comment faire le mal ? comment aimer le bien,
Sans connoître ni l'un ni l'autre ?

La RAISON.

D'un faux raisonnement vous pensez m'éblouïr ;
Mais je vais d'un seul mot le faire évanouïr.
Je connois ceux que je gouverne,
De tous leurs sentiments il ne m'échape rien,
C'est par moy que l'homme discerne
Le bien d'avec le mal, le mal d'avec le bien ;
Mais comme de son choix son panchant est la cause,
A préferer le mal sans peine il se resoût ;
Et puis qu'à mal choisir trop de clarté l'expose ;
Il vaut mieux qu'il ignore tout.

MERCURE.

Le tems resoudra le probleme
Cependant, n'en déplaise à vos sages leçons,
Tantôt votre rigueur extreme,

A jetté les esprits dans d'étranges soupçons ;
Vous avez éloigné Terlandre de Carite ;
Cette loy trop severe à contre tems préscrite,
N'a servi qu'à les éclairer,
J'ay voulu sur ce point entretenir Tersandre ;
Vous le diray-je ? il commence à comprendre
Ce qu'il falloit sur tout luy laisser ignorer.
De vous seule en un mot vous aurez à vous plaindre
Si vos ordres ici ne sont plus respectez ;

La RAISON.

Non ; ce maudit enfant est pour moy seul à craindre ;
Il vient des païs infectez.
On méprise pour lui ma puissance & la vôtre.
On ne veut plus nous écoûter ;
Ah ! dans ce nouveau Monde il vient nous apporter,
Le dangereux poison qu'il a puisé dans l'autre.

MERCURE.

Eh ! bien ; employons avec soin,
Tous les préservatifs dont nous aurons besoin ;
Avec nos habitans ôtons luy tout commerce ;
Mais sans témoigner trop d'ennuy ;
Attendons que le tems disperse
La foule qu'il traîne après luy.

La RAISON.

Non ; point de délai ; point de grace.
Dans le péril qui nous ménace,
Tous les moments sont précieux :
Mais la Deesse vient ; je vous laisse avec elle :
Je vais chercher l'objet de ma frayeur mortelle,
Et de force, ou de gré, je l'amene en ces lieux.

SCENE II.

ASTRE'E, MERCURE.

ASTRE'E.

QUe je te sçais bon gré, mon frere,
D'avoir sçu dans les cœurs de mes sujets nouveaux,
Mettre en si peu de tems des sentiments si beaux!

MERCURE.

Vous me remerciez! j'attendois le contraire.

ASTRE'E.

Pourquoy?

MERCURE.

Vous n'arrivez ici que de ce jour,
Et déja vos sujets desertent votre cour!
De leur volage humeur n'avez vous rien à craindre
Un enfant inconnu les occupe aujourd'huy.

ASTRE'E.

Il est-vrai que chacun s'empresse autour de luy;
Mais je n'ai pas lieu de m'en plaindre:
De l'hospitalité je leur fais une loi;
J'augure bien de leur tendresse;
Pour un foible mortel si tant d'ardeur les presse,
Que ne feront-ils pas pour moy?

MERCURE.

La Raison cependant en est fort allarmée,
Cet enfant lui blesse les yeux;
Elle prétend être informée,
Des mœurs qu'il apporte en ces lieux,

ASTRE'E.

C'est porter loin la prévoyance.

MERCURE.

Voulez-vous que je parle avec sincerité ?

ASTRE'E.

J'y consens.

MERCURE.

La Raison a trop de défiance,
Et vous trop de securité ;
Elle est dans un excès, vous donnez dans un autre :
Je pancherois plûtôt pour votre sentiment ;
Cependant, puisqu'il faut parler sincerement ;
Je ne suivrai ni le sien, ni le vôtre.
Des moeurs de cet enfant je prétends être instruit :
Mais j'avancerai plus en faisant moins de bruit.

ASTRE'E.

La précaution est prudente.
Mais, dis moy ; des sujets qu'on a mis sous sa loi,
La Raison est-elle contente ?

MERCURE.

La Raison, à ce que je croy,
N'est pas ici d'un grand usage.
N'en déplaise au Maître des Dieux,
Que peut-elle faire en ces lieux,
Qu'un pitoyable personnage ?
A t'on de la gloire à regner
Quand c'est sur un peuple sauvage ?
Et que lui peut-elle enseigner ?

ASTRE'E.

Elle peut avec gloire en faire un peuple sage.

MERCURE.

La sagesse est une vertu ;
Je n'hesite pas à le croire ;

Mais ce n'est en ces lieux qu'une vertu sans gloire ;
On ne triomphe pas sans avoir combattu.
Mais que dis-je ? non ; je m'abuse ;
Nous ne trouvons que trop à combattre en ces lieux.
Il nous faut employer & la force & la ruse,
Contre des cœurs seditieux
Qui malgré nos leçons nous laissent reconnoître ;
Des passions prêtes à naître.

ASTRE'E.

Des passions ! que viens-tu m'annoncer ?

MERCURE.

Avant que Jupiter dans les Cieux me rappelle ;
Je vous rends un compte fidelle
Dont je ne puis me dispenser.
Les passions icy sont dans le germe encore
Mais chaque jour le mal s'accroît ;
Et d'un œil attentif j'examine l'endroit,
Par où les fruits doivent éclore.
Je vois naître des soins jaloux,
Des transports d'amitié dont la suite est à craindre,
Un desir de sçavoir que rien ne peut éteindre ;
Un insurmontable courroux :
Je vois éclore des coquettes ;
Je trouve jusqu'à des Poëtes,
Qui de bile & de fiel trempent déja leurs traits.

ASTRE'E.

Des Poëtes ! Ciel quelle peste !

MERCURE.

Autant que vous, je les déteste :
Mais la Raison, ni moy, ne les avons pas faits :
Ce seroit trop nous faire outrage
Que de les croire notre ouvrage,
La nature en fait tous les frais.
Mais la Raison s'avance & l'enfant avec elle.

SCENE

SCENE III.

ASTRÉE, MERCURE, la RAISON, L'AMOUR déguisé.

La RAISON.

LE voicy ce petit rebelle,
Qui ne me suit qu'à contre cœur.

L'AMOUR.

Pourquoy me traitez vous avec tant de rigueur?
Est-ce ma faute à moy si vous n'êtes pas belle?
Votre visage me fait peur.

La RAISON *à Astrée.*

Vous entendez comme il m'outrage;
Et vous voyez par là comme il est élevé;
A peine échappé du naufrage
Il insulte à qui l'a sauvé.
Est-ce-là ta reconnoissance,
Petit ingrat? viens-tu pour troubler mon repos?

L'AMOUR.

Epargnez-moy votre présence,
Où remettez moy sur les flots.

La RAISON.

Vous l'entendez encor.

MERCURE.

Le reproche à la touche,
Faut-il aborder les enfants?
à l'Amour. Et faut-il qu'on les effarouche?
Mon fils, vous voyez bien comme je vous défends.

L'AMOUR *se jettant entre les bras de Mercure.*

Oh ! pour vous, je vous trouve aimable ;

Et je me mets sous votre appuy.

MERCURE *à Astrée & à la Raison.*

Vous voyez qu'il devient traitable ;

Laissez moy, seul à seul, un moment avec lui.

SCENE IV.

MERCURE, L'AMOUR déguisé.

MERCURE.

ENfant, voulez-vous bien que je sois votre Maître.

L'AMOUR.

Si je le veux ? de tout mon cœur.

MERCURE.

Je n'aurai jamais de rigueur,

Et nous nous conviendrons peut-être ;

Ne le croyez-vous pas ?

L'AMOUR.

Je n'en sçaurois douter.

Parlez : avec plaisir je vais vous écoûter.

MERCURE.

Vous devez être seur de ma reconnoissance,

Quand mes soins auront reussi ?

L'AMOUR.

Oh ! si cela doit être ainsi,

Vous pouvez me payer d'avance ;

Vous n'aurez que je croy, rien à me reprocher :

Non ; je ne vis jamais d'humeur comme la votre

Je sens, à ne vous rien cacher,

Que nous sommes faits l'un pour l'au-
tre.

MERCURE.

A quoy le reconnoissez-vous ?

L'AMOUR.

Vous avez un accueil si prévenant, si doux....
Le charmant precepteur ; mais pour cette Mé-
gere ;
Fi !

MERCURE.

Vous la haïssez ?

L'AMOUR.

Grand Dieux ! si je la haïs ?
Helas ! je suis fils d'une mere,
Qui prévenoit tous mes soûhaits.
Nourri dans les plaisirs, dans la delicatesse,
J'avois une riante cour ;
Et chacun me disoit sans cesse,
Que j'étois beau comme l'Amour.

MERCURE.

Quel mot prononcez-vous ? l'Amour ! dans ces
retraites
Ce nom est encore ignoré.

L'AMOUR.

Quoy ? ce Dieu par tout adoré,
Ne regnoit pas où vous êtes ?

MERCURE.

De la simple nature on suit ici la loy ;
Mais parlons bas ; je crains que l'on ne nous
écoute.
Quel est ce Dieu ?

L'AMOUR.

Vous plaisantez sans doute ;
Vous le connoissez mieux que moy.

MERCURE.

Je ne plaisante point ; faites-le moy connoître.

L'AMOUR.

Je vous le peindray mal peut-être ;
Mais on m'a dit en me berçant :
Que c'est le plus aimable Maitre....
Qu'il remplit la terre & les Cieux ;
Vous jugez bien par là qu'il doit être en ces lieux.

MERCURE *à part.*

Quentends-je ? dans mon cœur quel soupçon
Vient de naître !

L'AMOUR *le regardant entre les deux yeux.*

Ah ! vous le connoissez ; je le voi dans vos yeux.

MERCURE.

Que dites vous ? quoy ? des yeux à votre âge,
Peut-on entendre le langage

L'AMOUR.

Oh ! finissons cet entretien :
Vos discours sont pleins de mystere,
Et je ne vous dirai plus rien,
Puisque vous n'êtes pas sincere.

MERCURE.

Encore un mot.

L'AMOUR.

Non ; laissez-moy ;
Vous n'êtes pas de bonne foy :
Mais je vois Carite & Tersandre,

MERCURE.

Vous les connoissez donc ?

L'AMOUR.

Ils m'ont sauvé tous deux,
Laissez moy causer avec eux ;
il s'en fuit.
Je cours les embrasser.

MERCURE.

Demeurez.

SCENE V.

MERCURE.

IL m'échappe.
Je ne puis revenir de mon étonnement ;
Et je sens croître à tout moment,
Le juste soupçon qui me frappe.
Il revient : mais bientôt je verrai sur ses pas
S'avancer à grands flots une cour insensée ;
Quelque soit cet enfant, ne nous commettons pas :
Pour dissiper cette foule empressée,
Allons chercher Alcidamas.

SCENE VI.

L'AMOUR travesti, TERSANDRE
CARITE.

L'AMOUR *à Tersandre & à Carite.*

VEnez ; il est parti ; vous n'avez rien à craindre.

CARITE.

Non ; vous dis-je ?

L'AMOUR.

A me fuir qui pourroit vous contraindre ?

CARITE.

Entre Tersandre & moy l'accès est interdit :

A me faire gronder sa présence m'expose;

L'AMOUR.

Votre Maître vous en impose:
Il ne croit pas tout ce qu'il dit.
Çà, Tersandre, approchez.

CARITE.

Qu'il s'éloigne, de grace.

L'AMOUR.

Pourquoy toute cette grimace?
Il faut de la pudeur garder le *decorum*;
Je le sçais bien: mais quoyque jeune encore
A vos secrets desirs, qui ne font que d'éclore,
Je servirai de chapperon.

TERSANDRE *embrassant l'Amour.*

Vous êtes, je l'avoüe un enfant adorable.
Quel sort à mes voeux favorable,
Vous à fait venir parmi nous?

L'AMOUR.

Tel que vous me voyez, je suis fils d'une Reine,
Qui du coeur des Mortels dispose en Souveraine,
Et rend de son pouvoir les Dieux même jaloux.
Je parcourois son vaste empire,
Sur un de ses brillants vaisseaux,
Qui n'avoit pour fendre les eaux,
Point d'autre vent que le Zephyre;
J'avois appris que dans ces lieux
Sa puissance étoit ignorée;
Cette puissance reverée,
Et sur la terre & dans les cieux:
Déja mes yeux charmez voyoient ce nouveau Monde,
Et j'esperois bientôt vous faire un heureux sort,
Quand mille écueils cachez sous l'onde
M'ont fait faire naufrage au port.

TERSANDRE.

Que vous m'avez causé de mortelles allarmes!

CARITE.

Je crois entendre encor vos pitoyables cris.

L'AMOUR.

à Tersandre. *à Carite.*

Vous avez soûpiré : j'ay vû couler vos larmes :
Un bonheur éternel en doit être le prix.

CARITE.

Eh ! pour nous que pouvez-vous faire ?

L'AMOUR *à Carite.*

Je voy que vous ne comptez guere,
Sur les promesses d'un Enfant :
Mais si je vous unis pour jamais à Tersandre ?

CARITE.

Non ; cela ne se peut ; je viens de vous apprendre,
Que Mercure nous le deffend.

L'AMOUR.

Eh ! quoy ? toûjours votre Mercure ?

CARITE.

Je crains sa severe censure.

L'AMOUR.

Il a trop abusé de votre bonne foy :
Il exerce sur vous une injuste puissance ;
J'ay pitié de votre innocence,
Et vous n'aurez ici d'autre Maître que moy.

TERSANDRE.

De notre ignorance profonde,
Par un enfant nous serions retirez !

L'AMOUR *à Tersandre.*

Apprenez que dans l'autre monde,
Les talents sont prématurez ;
Allez ; je n'en suis pas à mon apprentissage ;
Je puis vous apprendre à mon âge,
Des secrets que vous ignorez.

à Carite.

Commençons. Çà donnez votre main.

CARITE.

Moy ? je n'ose.

L'AMOUR.

Donnez-la moy, vous dis je ;

CARITE.

A quoi bon tout cela ?

L'AMOUR.

Je vous la demande pour cause.

à Tersandre.

Vous, Tersandre baisez cette main que voilà.

TERSANDRE *baisant la main de Carite.*

Quel transport !

CARITE *retirant sa main.*

Laissez moy : je tremble.

L'AMOUR.

Ne craignez rien ; c'est moy qui vous assemble.

TERSANDRE *à l'Amour.*

Enfant, n'avez vous rien à m'ordonner de plus ?

L'AMOUR.

Non.

TERSANDRE.

Vous pouvez compter sur mon obéïssance.

à part. L'AMOUR.

Je le voy. S'il avoit une entiere licence,
Il feroit à mes yeux quelque trait d'étourdi.

CARITE *à l'Amour.*

Pardonnez à mon innocence :
D'où vient qu'auprès de moy Tersandre est si hardi,
Tandis qu'auprès de lui je suis toute troublée ?
Tenez ; quand sur ma main, sa bouche étoit colée,
Je sentois un secret frisson.

L'AMOUR *en embrassant Carite.*

Ce n'est pas faute de courage.

Mais je n'ay fait encor qu'ébaucher mon ouvrage ;
Dans une seconde leçon,
Vous en apprendrez davantage.

SCENE VIII.

L'AMOUR, TERSANDRE, CARITE, EUPHROSINE.

EUPHROSINE *à Carite.*

VOus n'avez donc sauvé cet enfant que pour vous,
Carite !

CARITE *tenant l'Amour par la main.*

Vous voyez que le Peuple l'obsede :
On pourroit l'étouffer.

EUPHROSINE.

Redoutez mon courroux,
Si bientôt je ne le possede.

CARITE.

N'esperez pas que je le cede.

EUPHROSINE.

Quoy ?

CARITE.

Vous croyez envain m'inspirer de l'effroy ;
J'aime mieux le remettre au pouvoir de Tersandre,
Il le deffendra mieux que moy.

EUPHROSINE.

à Tersandre,
Il le prendra pour me le rendre.
Donnez-moy cet Enfant,

TERSANDRE.

Il m'est trop précieux ;
Il vient de la main de Carite.

EUPHROSINE.

à l'Amour.

O préference qui m'irrite !
Aimable Enfant, du moins tournez vers moy les yeux.

L'AMOUR *à Euphrosine.*

Euphrosine, pour moy j'aime à voir votre zele ;
C'est trop peu d'un regard pour le recompenser :
Je vous promets un cœur fidelle :
Mais au cœur de Tersandre il vous faut renoncer.

EUPHROSINE *encolere.*

Vous n'êtes qu'un Enfant, & vous parlez en Maître !
Et qui donc êtes-vous pour disposer des cœurs ?

L'AMOUR.

Je vois Alcidamas ; vous allez me connoître
Pour le plus puissant des vainqueurs.

SCENE IX.

L'AMOUR, TERSANDRE, CARITE, ALCIDAMAS, EUPHROSINE.

ALCIDAMAS *la massuë à la main.*

OU donc est cet Enfant à qui tout rend hommage ?
Etranger en ces lieux, croit il regner sur nous ?
Que n'est-il digne de mes coups !
J'en delivrerois ce rivage.

CARITE.

Je tremble.

TERSANDRE.

Je fremis.

L'AMOUR *à Tersandre & à Carite.*

Ne craignez point sa rage;

à Alcidamas.

Vous l'allez voir à mes genoux.
Le voici cet Enfant dont le pouvoir t'allarme;
Approche: ce n'est point en Tyran furieux,
Que je veux regner en ces lieux:
Un regard, un soûpir, un sanglot, une larme;
Voilà les traits dont je me sers,
Pour conquerir tout l'Univers.

ALCIDAMAS.

D'où vient que tout à coup ma fierté se desarme!
Quel trouble me saisit! dans ses yeux, dans sa voix.
Je trouve je ne sçais quel charme,
Et je sens la pitié pour la premiere fois.
Que devient mon humeur sauvage?
Où vais-je? interdit, éperdu,
Pour l'aborder, je manque de courage.

Il met sa massuë à ses pieds.

Enfant, qui que tu sois, accepte cet hommage.
C'est le premier que j'ay rendu.

CARITE *appercevant Mercure.*

Ils se retirent tous hors l'Amour.

Mercure vient; fuyons.

SCENE X.

ASTRE'E, L'AMOUR, MERCURE; la RAISON.

MERCURE.

Après cette victoire,
Pouvons-nous un moment méconnoître l'Amour?

La RAISON.

L'Amour!

L'AMOUR *jettant son petit manteau.*

N'en doutez plus.

ASTRE'E.

O Ciel! le puis-je croire?
Qui t'amene dans ce séjour?

L'AMOUR.

Le bonheur de ce Peuple, & le soin de ma gloire.

ASTRE'E.

De ton serment tu perds donc la memoire!

L'AMOUR.

Mais vous; avez-vous oublié
Que, par votre foiblesse extrême,
Vous m'avez degagé vous-même
Du serment qui m'avoit lié?
De votre propre aveu, je suis dans votre empire.

MERCURE.

L'Enfant dit vray; vous n'avez rien à dire.

ASTRE'E *à l'Amour.*

Mon cœur à la pitié s'est trop laissé toucher;

Mais, ingrat, est ce à toy de me le reprocher ?

L'AMOUR.

Non ; & pour vous en rendre grace,
Permettez que je vous embrasse.

ASTRE'E *en reculant.*

Ah ! garde-toy de m'approcher.

MERCURE *à Astrée.*

C'est bien fait. Du fripon l'approche est dangegereuse,
Et vous éprouveriez le plus cruel ennuy,
Si de quelque ingrat comme luy,
Il alloit vous rendre amoureuse.

La RAISON.

Tu prends bien ton tems pour railler :
Tu sçais qu'aux Passions l'Amour ouvre la porte,
Et j'en verrai bientôt la nombreuse cohorte.

MERCURE.

Eh bien ? il faudra batailler.

La RAISON.

Je ne serai pas la plus forte.
Quel malheur est le mien ! quoy ? de tout l'Univers,
Voicy le seul lieu qui me reste ;
Et l'Amour.... mais ô Ciel ! quelle vapeur funeste,
En prononçant ce nom s'éleve dans les airs !
Je ne vois plus le jour qu'à travers un nuage ;
De tous mes sens je perds l'usage :
Pour moy c'est un mortel poison,
Que l'air qu'en ces lieux on respire.
Sauvons-nous ; remontons dans le céleste empire,
Dieux ! faut-il qu'un Enfant surmonte la Raison ? *elle s'en va.*

SCENE XI.

ASTRE'E, MERCURE, L'AMOUR.

ASTRE'E.

Elle fuit ! elle m'abandonne !
Et dans un si pressant besoin !
Elle remonte aux Cieux !

MERCURE.

Que rien ne vous étonne :
Je la ramenerai, fut-elle encor plus loin.
Je vais suivre ses pas.

L'AMOUR.

Eh ! quoy ? Mercure même,
Contre l'Amour peut conspirer !

MERCURE *tout bas à Astrée.*

Je m'avise d'un stratagéme,
à l'Amour. Dont vous devez tout esperer.
Amour, jusqu'au revoir.

Mercure s'envole dans les Cieux.

SCENE XII.

ASTRE'E, L'AMOUR.

L'AMOUR.

Va ; je t'attends sans crainte :
Arme tous les Dieux à la fois ;

Rien n'est mieux é abli, plus sacré que mes droits ;

Et l'ou n'y peut donner atteinte,

Sans que de la nature, on renversé les loix.

ASTRE'E.

Le petit orgueilleux ! comme il s'en fait accroire !

Vange-moy, Jupiter, il y va de ta gloire.

Le Peuple vient ; fuyons ce jeune audacieux :

J'aurois trop à rougir, s'il falloit que mes yeux.

Fussent témoins de sa victoire.

SCENE XIII.

L'AMOUR, TERSANDRE, CARITE, ALCIDAMAS, EUPHROSINE, Troupe D'HABITANS du nouveau Monde.

L'AMOUR.

Peuples que le Ciel a fait naître

Pour joüir d'un destin qui comble tous vos voeux,

Ne pre:ez que l'Amour pour Maître,

C'est de luy qu'on apprend l: secret d'être heur ux,

Et vous qui me suivez sans cesse

Jeux & Plaisirs, accourez à ma voix,

A mes sujets nouveau v.nez dicter mes loix,

Et dans ce beau séjour répandez l'allegress:.

Entrée de Jeux & de Plaisirs.

Un des HABITANS du nouveau Monde.

Dieu de l'Empire amoureux,
C'est par vous que tout respire:
Mais on ne peut vivre heureux,
Qu'en vivant sous votre empire.
Que sert le flambeau du jour,
Sans les flammes de l'Amour?

On danse :

Deux HABITANS.

Dieu d'Amour, les tendres desirs,
Les jeux badins, les doux Plaisirs
Se trouvent par tout où vous étes.
Lancez vos traits les plus charmants,
Et dans ces heureuses retraittes,
Ne faites que d'heureux Amants.

Entrée de Jeux & de Plaisirs.

I. COUPLET.

Nous sommes Précepteur d'Amour:
Venez en foule à notre école:
Mais ne perdez point de beau jour;
Quand l'hyver vient l'Amour s'envole.

II.

Voulez-vous être heureux Amants?
Apportez nous un cœur docile:
Observez bien nos reglements,
Nous n'enseignons rien d'inutile.

III. Ce

III.

Ce que vous apprendrez de nous,
Vous le pourrez montrer à d'autres :
Nous n'en ferons jamais jaloux ;
Tous vos plaisirs feront les notres.

IV.

Soûpirs, regards, soins empressez
Employez tout auprès des Belles ;
Peut-on jamais payer assez,
Le prix qu'on garde aux cœurs fidelles ?

V.

Amants, ne vous rebutez pas
Pour vos plaisirs & votre gloire :
On a cessé bien des combats,
Quand on touchoit à la victoire.

VI.

Heureux qui dans les champs d'Amour,
Saisit le temps où l'on moissonne !
Il est une heure dans le jour,
Profitez-en dès qu'elle sonne.

VII.

Contre les feux d'un tendre Amant,
On cherche en vain à se deffendre,
L'Amour a marqué le moment,
Où la plus fiere doit se rendre.

VIII.

Plus d'une éleve en fait d'Amour ;
A son Amant a fait connoître,
Qu'elle étoit, dès le premier jour
Aussi sçavante que son Maitre.

IX.

Il ne faut pas mettre à rançon,
Le cœur tout neuf d'une écoliere,
On est payé de sa leçon,
Quand par bonheur c'est la premiere.

X.

Les cœurs se donnent troc pour troc,
Quand c'est de garçon à fillette;
Mais si l'Amant est un vieux coq,
Qu'il soit plumé par la Poulette.

L'AMOUR, *aux Habitans du nouveau Monde.*

C'est assez; suivez-moy; des secrets de mon art,
Vous serez instruits à mesure,
Il est tems que mes traits par plus d'une blessure,
Profitent de l'heureux départ,
De la Raison & de Mercure.

Fin de l'acte second.

ACTE III.

SCENE PREMIERE.

L'AMOUR, TERSANDRE.

TERSANDRE.

Quel plaisir d'entendre un tel Maître !
Que toutes vos leçons ont d'attraits pour mon cœur !
Mais d'où peut venir la froideur,
Que Carite me fait paroître ?
Vous voyez qu'à me fuir elle applique ses soins ;
J'ay beau parler d'amour, on ne veut point m'entendre :
Que dois-je en présumer ?

L'AMOUR.

Rassurez-vous, Tersandre.
On ne vous en aime pas moins.

TERSANDRE.

L'amitié de Carite étoit tendre & sincere ;
D'où vient que son amour est si dissimulé ?

L'AMOUR.

Le feu secret dont ton cœur est brûlé ;
S'augmente encor par le mystere.

TERSANDRE.

Non ; je n'ose esperer quelle m'aime à son tour.

L'AMOUR.

Ne vous suffit-il pas que je vous en réponde ?
Le ciel, l'enfer, la terre, & l'onde,
Tout cede au pouvoir de l'Amour.

TERSANDRE.

Mais qu'est-ce que l'Amour ?

L'AMOUR.

Tel croit me bien connoître,
Qui jugeant de ce que je puis
Par les seuls mouvements qu'en son cœur j'ay fait naître,
Me peint tel qu'il me sent, & non tel que je suis.

TERSANDRE.

Mais enfin, vous par qui l'on aime,
Sans doute vous-vous connoissez;
Qu'êtes-vous ?

L'AMOUR.

Vous m'embarassez.
Jaloux de mon pouvoir suprême,
Je crains de n'en pas dire assez:
Cependant, puisqu'il faut me definir moy-même;
Je suis l'Enfant du doux loisir,
Et le Pere du vray plaisir.

TERSANDRE.

Ah ! je vous reconnois; vous seul m'avez sçu plaire,
Oüi, c'est par vous que je ressens
Ce doux, ce vray plaisir, dont vous êtes le Pere;
Tous les autres sont languissants:
Mais puis-je me flatter que le cœur de Carite,
Ait ressenti les mêmes coups ?

L'AMOUR.

N'en doutez plus; ce trait que vous trouvez si doux,
Contre vous vainement l'irrité;

Elle fuit, elle vous évite ;
Mais c'est pour mieux penser à vous.

TERSANDRE.

Eh ! si c'est à moy qu'elle pense ;
Sans m'entretenir de si loin,
Qu'elle prenne un peu plus de soin,
De me charmer par sa présence.

L'AMOUR.

Vous la verrez dans peu de temps ;
Son amour loin de vous compte tous les instants.
J'ay fait mon premier soin de laisser auprès d'elle,
Un essein voltigeant d'impatients desirs,
Qui malgré sont dépit près de vous la rappelle,
Et presse vos plus doux plaisirs :
Mais, vous ay-je trompé ? je la vois qui s'avance.

SCENE II.

L'AMOUR, TERSANDRE, CARITE.

TERSANDRE *à Carite.*

ENfin vous me rendez votre aimable présence.

CARITE *à Tersandre.*

Non, non ; ce n'est pas vous que je cherche en ces lieux :
C'est l'Amour.

TERSANDRE.

Vos mépris me le font trop connoître.
Quel changement !

CARITE.

Je sçais qu'il est capricieux.

TERSANDRE.

Moy qui vous fus si cher ! . . . .

CARITE.

Vous commencez peut-être.
A me devenir odieux.

TERSANDRE.

Par quel crime ay-je pû meriter votre haine ?

CARITE.

Je ne le conçoy qu'avec peine ;
Pour moy, vous redoublez vos soins :
Peut être à vous haïr c'est là ce qui m'engage ;
Tâchez de m'aimer un peu moins,
Et vous m'en plairez d'avantage.

L'AMOUR *à Carite.*

Quoy ? tu te plains de trop d'amour !

CARITE.

Que sçais-je ? l'amitié me causoit moins d'allarmes :
Depuis que la Raison a quitté ce séjour,
De ma tranquillité j'ay perdu tous les charmes.

L'AMOUR.

La Raison dans ton cœur l'emporte donc sur moy ?

CARITE.

Non, c'est avec plaisir qu'en ces lieux je vous voy ;
Avec plaisir je vous écoûte ;
Peut être vous nous égarez ;
Mais de combien de fleurs vous parsemez la route,
Du piége dangereux où vous nous attirez !
A mes regards mal assurez,
Vous offrez un Mortel qu'il faut que je redoute :
La Raison justement nous avoit separez ;

La Raison prévoyoit sans doute
Des troubles que sans vous, nous aurions ignorez.

L'AMOUR.

La Raison sur ton cœur n'a pris que trop d'empire;
Il est temps de t'ouvrir les yeux.
Voy l'heureux changement que j'apporte en ces lieux:
C'est peu que d'y regner sur tout ce qui respire;
Voy ces prez reverdir; voy ces naissantes fleurs,
Briller de plus vives couleurs;
Par moy seul tout se renouvelle:
Je r'anime l'astre du jour.
La terre sous tes pas plus feconde & blus belle;
Te fait l'éloge de l'Amour.
Mais c'est trop m'abaisser qu'entrer en concurrence,
Avec la sterile Raison:
Qu'elle traite à son gré ma plus douce influence,
De maligne vapeur, & de mortel poison;
Elle a quitté ces lieux & j'y regne en sa place,
Je prétends que sous moy vous y regniez tous deux.

TERSANDRE.

Nous?

L'AMOUR.

Obéïssez; je le veux.

TERSANDRE.

Du fier Alcidamas vous connoissez l'audace.
Il n'y consentira jamais.

L'AMOUR.

Il a d'autres soins desormais.
Euphrosine est le bien où tout son cœur aspire:
Il a besoin de mes bienfaits,
Pour obtenir ce qu'il desire.

Mais, aux sujets nouveaux que je mets sous vos loix,
Il est temps d'annoncer mon choix.

SCENE III.

EUPHROSINE arrive au moment que l'Amour dit ces deux derniers Vers.

EUPHROSINE.

Juste ciel ! que viens-je d'entendre !
L'Amour va couronner Carite avec Tersandre !
Carite regneroit ! Ah ! ne le souffrons pas.
Plus Tersandre m'est cher, & plus je haïs Carite :
Dieux ! que son triomphe m'irrite !
Allons : pour nous vanger, cherchons Alcidamas.

SCENE IV.

ASTRE'E, EUPHROSINE.

ASTRE'E.

Ou courez-vous ?

EUPHROSINE.

A la vangeance.
L'Amour de tous les cœurs vient de bannir la paix

Il rompt l'heureuse intelligence,
Que devoit sous vos loix nous unir à jamais.

ASTRE'E.

Malheureux Enfants de la terre,
Vous ferez-vous sans cesse une mortelle guerre?

On voit descendre Mercure.

Mais Mercure descend des Cieux:
Puisse-t'il m'apporter quelqu'heureuse nouvelle!
Retirez-vous, foible Mortelle,
Respectez les secrets des Dieux.

SCENE V.

ASTRE'E, MERCURE.

MERCURE.

Ma sœur, tout va le mieux du monde;
Tu vas triompher en ce jour.

ASTRE'E.

Comment?

MERCURE.

Dans nos projets le destin nous seconde:
Nous allons enchaîner l'Amour.
Des feux qu'il fait sentir, nous voulons qu'il s'enflamme,
Pour connoître les maux qu'il cause à l'Univers;
Et pour le mieux charger de fers,
C'est peu d'une Maîtresse; on lui donne une Femme.

ASTRE'E.

Une Femme à l'Amour! & qui?

MERCURE.

C'est la Raison.

ASTRE'E.

La Raison ! le moyen qu'elle puisse lui plaire !

MERCURE.

La Raison, direz-vous, est farouche, severe,
Elle est dans l'arriere saison,
Et pourroit à l'Amour tenir lieu de grand'mere:
Il ne sçauroient se convenir:
Mais, malgré tout cela, nous prétendons qu'il l'aime.
Apprenez tout. Hebé vient de la rajeunir,
Et Venus, Venus elle même,
Qui consent à les voir unir,
Sur sa Bru prétenduë a versé tant de charmes.
Que malgré qu'il en ait l'Amour rendra les armes.

ASTRE'E.

Que je brûle de voir ce grand évenement !

MERCURE.

La Raison va descendre & je l'ai prévenuë;
J'ai traversé les airs rapidement,
Tandis que pour voiture elle a pris une nuë,
Pour venir plus commodement.
Déesse, à votre tour, instruisez-moy de grace,
De ce qui se passe en ces lieux.

ASTRE'E.

Hélas ! sans ton retour, j'allois quitter la place;
Je ne trouve par tout que transport furieux,
Cette Isle est sur le point d'être bouleversée.

MERCURE.

Je vais avec mon caducée,
Reprimer les séditieux.
Ce sera pour moy peu de chose.
L'Amour vient; ma sœur, bouche close.

SCENE VI.

STREE, L'AMOUR.

ASTRE'E.

VEnez-vous en ces lieux, de vos nobles travaux,
Chercher la digne récompense ?

L'AMOUR.

Vos sujets à mes soins doivent plus qu'on ne pense,
Mercure en avoit fait de plaisans animaux.

ASTRE'E.

Vous avez fait un beau chef-d'œuvre.
Je ne sçais envers vous quel prix m'acquittera,
Mais, de toute cette manœuvre,
Jupiter vous remercira.

L'AMOUR.

Poursuivez : j'aime l'ironie :
Elle est pour moy d'un goût charmant.

ASTRE'E.

Puisqu'il faut vous parler plus serieusement,
Vous avez détruit l'harmonie.....

L'AMOUR.

Arrêtez. Ce grand mot me fait déja bâailler.
A moy du serieux ! je ne sçais rien de pire ;
Là ; faites-moy plûtôt quelque conte pour rire.
Et qui puisse me reveiller.
Donnez-moy ce regal.

ASTRE'E.

Est-ce en reconnoissance,

De répondre si bien à mes intentions ?
D'avoir fait, d'un séjour où regnoit l'innocence,
Le theâtre des Passions ?

L'AMOUR.

Des Passions ? qui moy ?

ASTRE'E.

Vous en êtes le Pere.

L'AMOUR. *en riant.*

Moy leur Pere ! à mon âge ! ah ! ah, le conte est bon.

ASTRE'E.

Vous ne l'êtes que trop.

L'AMOUR.

Que je le sois, ou non.
Je ne m'en embarasse guere.

ASTRE'E.

Faites que vos Enfants soient mieux morigenez.

L'AMOUR.

Oh ! soyez s'il vous plaît, leur Maîtresse d'école :
Moy je les émancipe, aussitôt qu'ils sont néz.
Et les lâchant au gré d'Eole,
Ou plûtôt au gré du Destin,
Je leur chante parfois sur un ton Enfantin ;
Haneton, vole, vole, vole.

ASTRE'E.

Vous avez bien raison ; vous n'êtes qu'un Enfant.

L'AMOUR *d'un ton serieux.*

Je n'en suis pas moins triomphant.
Mais j'apperçoy dans un nüage,
Une Divinité qui voile son visage.

ASTRE'E.

C'est la Raison : commence de trembler.

L'AMOUR.

Moy trembler & pourquoy de grace ?

ASTRE'E.

Adieu ; je lui cede la place :
Tu vas trouver à qui parler.

SCENE VII.

L'AMOUR, la RAISON
le visage voilé.

L'AMOUR.

Qu'est-ce donc? du céleste Empire?
Te voilà bientôt de retour?

La RAISON.

On est plus leger que Zephire,
Quand on vient auprès de l'Amour.

L'AMOUR.

Je t'ay vuë à me fuir pourtant bien empressée,

La RAISON.

Que veux tu! j'étois insensée:
Je ne connoissois pas encor ce que tu vaus
Jeune, aimable, charmant. . . .

L'AMOUR.

Voylà du nouveau style,
Pour toy qui sur tous mes deffauts,
Te faisois un plaisir de répandre ta bile.
Jeune, aimable, charmant. . . vieille, laide a guenon,
Voylà les noms que je te donne.

La RAISON.

A ton erreur je les pardonne:
A peine connois-tu mon véritable nom.
Mais guenon, vieille, laide; apprens que ce langage,
Est aussi faux qu'injurieux;
Va; tu ne m'as jamais, je gage,
Regardée entre les deux yeux.

L'AMOUR.

Ah ! par pitié pour moy, ne leve point ce voile ;
Je serois tout en feu pour tes divins appas ;

La RAISON.

Là ; ne jurons de rien ; si c'étoit ton étoile,
Il faudroit bien franchir le pas.

L'AMOUR.

Je voudrois l'éprouver.

La RAISON.

Il faut te satisfaire :
Mais au moins, si tu veux que je puisse te plaire,
Ecarte ce bandeau qui te couvre les yeux.

La Raison écarte le bandeau de l'Amour & leve son voile.

L'AMOUR.

Que vois-je ?

La RAISON.

Eh ! bien : rends-tu les armes ?

L'AMOUR *à part.*

Je ne vis jamais tant de charmes,
Sur la terre, ni dans les cieux.
O ma chere Raison, que je le trouve aimable !
Formons entre nous deux le nœud le plus charmant,
Tiens, voilà ma main.

La RAISON.

Doucement.
Lorsque je forme un nœud je veux qu'il soit durable.

L'AMOUR.

J'y consens. Sous la loy d'un hymen clandestin,
Nous vivrons si tu veux m'en croire.

La RAISON.

Ces furtives amours feroient tort à ma gloire.
Je veux un bon contrat pardevant le Destin.

L'AMOUR.

Le contrat me fait peur.

La RAISON.

Tu me fais trop connoître,
Quel est le but de ton desir:
C'est un amour de Petit-Maître;
C'est-à-dire, amour du plaisir.

L'AMOUR.

Je croy qu'il en est quelque chose;
Si tu m'aimes pourtant.....

La RAISON.

Moy, t'aimer! sors d'erreur.
Je sçais trop à quoy l'on s'expose,
Quand on sent ta fatale ardeur.

L'AMOUR *à part.*

Pour punir son orgueil extrême,
Dans ce même moment faisons qu'elle nous aime,
Çà; choisissons un trait vainqueur.

La RAISON *à part.*

Au trait qu'il me destine opposons mon égide.

L'AMOUR *à part.*

Frappons.

La RAISON.

Qu'oses-tu faire?

L'AMOUR.

Hélas! le trait perfide,
Vient de retomber sur mon cœur.

La RAISON.

Ah! te voilà donc pris, toy qui prends tout le monde?

L'AMOUR.

A l'aide.

La RAISON.

Va chercher qui voudra te guérir:
Mais dis-moy, ta blessure est-elle bien profonde?

L'AMOUR.

Ah! loin de m'insulter, daigne me secourir.

SCENE VIII.

L'AMOUR, MERCURE, la RAISON.

MERCURE.

Que vois-je ? à la Raison l'Amour demande
grace !
D'où vient ce changement ?

La RAISON.

Ce petit indiscret
Jusqu'à mon cœur a porte son audace ;
Ma main contre luy - même à repoussé le trait.

L'AMOUR *à part.*

La traitresse !

La RAISON.

Tout bas, j'entends que tu murmures.

L'AMOUR.

J'en ai sujet ; je sens tous les maux à la fois ;
Que ne puis je du moins éclatter en injures ;
Mais la douleur m'accable, & m'étouffe la voix.

La RAISON.

Tant mieux ; par ta douleur mortelle,
Connois la rigueur de tes traits,
Toy qui de pure bagatelle,
Traites tous les maux que tu fais.

L'AMOUR.

Pardonne : à l'avenir je deviendrai plus sage,
Je jure de laisser tous les cœurs en repos.

La RAISON.

Serments que l'on fait sur les flots,
Et qu'on oublie après l'orage !

L'AMOUR.

Hélas!

MERCURE.

Le pauvre Enfant! j'ay pitié de son mal.

à la Raison.

Me sera-t'il permis d'en proposer la cure ?

La RAISON.

Comment ?

MERCURE.

Par un nœud conjugal.

La RAISON.

Quoy ? de la façon de Mercure ?

Un contrat ! un contrat !

MERCURE.

Je ferai mon devoir ;

Je suis pour cet hymen muni d'un plein pouvoir.

L'AMOUR.

Ah ! je consens à tout, pourvû qu'on nous marie.

La RAISON.

Soit ; mais je veux, j'entends que, soumis à mes loix,

L'Amour sur les mortels me cede tous ses droits.

MERCURE.

Vous faites trop la rencherie.

Songez vous qu'à Venus vous devez vos attraits ?

En épousant son fils prenez soin de sa gloire ;

Usez mieux de votre victoire,

Voulez-vous qu'il vous cede & son arc & ses traits ?

Madame la Raison, soyez plus raisonnable.

L'AMOUR.

Mais vous-même, à l'Amour soyez moins favorable.

MERCURE.

Il est fils de Venus & Venus est ma sœur,

Ainsi je suis son oncle, & de plus son tuteur.

Si je le trahiffois, ferois-je pardonnable ?

La RAISON.

Eh ! bien entre nous deux foyez mediateur.

MERCURE.

Voylà le parti qu'il faut prendre.
Je fçais que, d'une & d'autre part,
Vous avez vos droits à deffendre,
Et la balance en main j'y veux avoir égard.
Pour remplir dignement le grave miniftere
Dont m'honore icy le deftin,
Dabord, fur vos deffauts, je veux ne vous rien taire :
Raifon, vous êtes trop auftere ;
Et vous, Amour, trop libertin.

La RAISON.

Cenfurer la Raifon ! l'audace eft fans égale.

MERCURE.

Bon, ne voilà t'il pas ? vous allez-vous fâcher
D'une fimple Mercuriale,
Qu'on vous fait pour vous rapprocher.
Mais n'en difons pas davantage.
Or fus, inftruifez-moy de vos intentions.
Que je puiffe au Deftin en rendre témoignage,
Commencez, comme la plus fage.

La RAISON.

Je n'époufe l'Amour qu'à ces conditions.
Je veux bien dans les cœurs fouffrir les Paffions ;
Mais j'en prétends regler l'ufage ;
On n'en fera que plus heureux.

L'AMOUR *embraffant la Raifon.*

Moy, je veux tout ce que tu veux.

MERCURE.

Qu'à mes transports chacun réponde,
Que tout celebre un fi beau jour ;
La Raifon s'unit à l'Amour,
Pour la felicité du monde.

SCENE IX.

ASTRÉE, L'AMOUR, MERCURE, la RAISON.

ASTRÉE.

Je verrois les Mortels heureux !

MERCURE.

Tout conspire à combler leurs vœux.
Je viens d'achever mon ouvrage ;
La Raison dans les cœurs doit regler les desirs,
Et l'Amour, devenu plus sage,
Ne prendra soin que des plaisirs.

ASTRÉE.

O Ciel !

MERCURE.

Regnez, divine Astrée ;
Et vous Peuples accourez tous :
Que dans cette heureuse contrée
On goûte sans chagrins les plaisirs les plus doux.

SCENE DERNIERE.

ASTRÉE, MERCURE, L'AMOUR, La RAISON, TERSANDRE, CARITE, ALCIDAMAS, EUPHROSINE, Troupe d'Habitans du nouveau Monde.

Marche.

L'AMOUR *présentant Tersandre & Carite, à la Raison.*

Unissez ce couple fidelle.

La RAISON *à Tersandre & à Carite.*

Mes Enfants, brûlez-vous d'une ardeur mutuelle ?

TERSANDRE.

Moy ? je l'adore.

La RAISON *à Carite.*

Et vous ?

CARITE.

Je l'aime tendrement.

La RAISON *mettant la main de Carite dans celle de Tersandre.*

Soyez unis d'une chaine éternelle.

EUPHROSINE.

Hélas ! ils vont goûter un sort rempli d'appas ;
Et pour moy leur bonheur est un supplice extrême.

L'AMOUR.

Approchez-vous, Alcidamas :
Euphrosine aimez qui vous aime.

EUPHROSINE.

Je ne puis.

La RAISON *touchant Euphrosine de son Egide*

Je le veux: ne me repliquez pas;

ALCIDAMAS *à Euphrosine.*

Que n'ay-je point fait pour vous plaire,
Ne calmerez-vous point votre injuste rigueur?

EUPHROSINE.

C'en est fait; la Raison m'éclaire:
Recevez pour jamais & ma main & mon cœur.

MERCURE.

Habitans fortunez de ces belles retraites,
Celebrez à l'envie la Raison & l'Amour:
Ils vous invitent tour à tour,
A goûter des douceurs parfaites.

Un HABITANT du nouveau Monde.

Rien ne vous doit plus allarmer;
Ah! que ce séjour est aimable,
La Raison y permet d'aimer,
Et l'Amour d'être raisonnable.

TERSANDRE *à Carite sur le même Air.*

Vous avez mon cœur & ma foy,
J'aimeray toujours comme j'ayme,
La Raison m'en fait une loy,
Et l'Amour un bonheur suprême.

On danse.

Un HABITANT du nouveau Monde.

L'Amour ne peut être qu'extrême,
Lorsque la Raison elle-même,
Nous dit de nous laisser charmer,
Deux beaux yeux sont faits pour nous plaire;
L'Amour peut-il trop enflammer
Un cœur que la Raison éclaire?

On danse:

Un autre HABITANT du nouveau Monde.

Puisque dans cet heureux séjour,
La Raison éclaire l'Amour,
Il n'en est que mieux pour les Belles:
On ne va soûpirer que pour des yeux charmants:
On ne verra pas tant d'Amants;
Mais on verra moins d'Infideles.

On danse.

VAUDEVILLE.

MERCURE.

ENtre l'Amour & la Raison,
C'étoit toûjours que si, que non;
Je viens de finir la querelle;
La paix va regner à son tour:
La Raison éclaire l'Amour,
Et l'Amour s'enflamme pour elle.

La RAISON.

Toûjours que si, jamais que non;
J'ay mis l'Amour à la Raison:
Nous allons brûler l'un pour l'autre,
Que tout ressente notre ardeur;
Dès que j'auray fait son bonheur;
Je travailleray pour le vôtre.

L'AMOUR.

Je ne crains pas que la Raison,
Puisse jamais dire que non;
Pour la soumettre à mon empire,
Je me suis rangé sous le sien,
Et je vais m'y prendre si bien,
Qu'elle ne pourra s'en dedire.

Une petite Fille à l'Amour.

Suis-je dans l'âge de Raison?
Je dis que si, Maman que non;
Faites moy sortir de l'Enfance,
Dieu d'Amour, comblez mes désirs,
Et, pour avancer mes plaisirs,
Expediez-moy ma dispense.

Un HABITANT du nouveau Monde.

Amour; disoit un vieux Gascon,
Je ne diray jamais que non;
On lui fit tenter l'aventure,
Il prétendoit dire que si;
Mais il se trouva si transi,
Qu'il ne soûtint pas la gageure.

AU PARTERRE.

L'Air du Bureau nous est-il bon?
L'un dit que si, l'autre que non:
C'est un nouveau genre de guerre,
Aucun ne prétend avoir tort,
Qui pourra nous mettre d'accord?
C'est le jugement du Parterre.

Couplet ajoûté après le ſuccès.

Messieurs, ſi nous réüſſiſſons,
C'eſt l'heureux fruit de vos leçons :
Votre critique nous éclaire,
Mais, ſur nos jeux, quand vous veillez,
Pour vous-même vous travaillez,
Vous nous apprenez à vous plaire.

Fin de la Comedie.

APPROBATION.

J'Ay lu par ordre de Monſeigneur le Garde des Sceaux, *le nouveau Monde Comedie.* Cette Piece a plû dans les Repréſentations, & je crois que le Public en recevra auſſi favorablement l'impreſſion. Fait à Paris ce 30. Novembre 1722. DANCHET.

PRIVILEGE DU ROY.

LOUIS par la grace de Dieu, Roy de France & de Navarre, à nos amez & feaux Conſeillers, les Gens tenans nos Cours de Parlement, Maîtres des Requêtes ordinaires de notre Hôtel, Grand Conſeil, Prevôt de Paris, Baillifs, Senechaux, leurs Lieutenans Civils & autres nos Juſticiers qu'il appartiendra, SALUT: Notre bien amée la Veuve de PIERRE RIBOU, Libraire à Paris; Nous ayant fait remontrer qu'il luy avoit été mis en main un Manuſcrit, qui a pour titre *le Nouveau Monde*; qu'elle ſouhaitteroit faire imprimer & donner au Public, s'il nous plaiſoit lui accorder nos Lettres de Privilege ſur te necessaires. A CES CAUSES, voulant favorablement traiter l'Exposante; Nous lui avons permis & permettons par ces Présentes de faire imprimer ledit Livre en tels volumes, forme marge, caractere, conjointement ou séparément & autant de fois que bon lui semblera, & de le vendre, faire vendre & debiter par tout notre Royaume pendant le temps de *Six* années consecutives, à compter du jour de la date desdites Présentes. Faisons défenses à toutes sortes de personnes de quelque qualité & condition qu'elles soient d'en introduire d'impression étrangere dans aucun lieu de notre obéissance : Comme aussi à tous Imprimeurs, Libraires & autres, d'imprimer, faire imprimer, vendre, faire vendre; débiter ni contrefaire ledit Livre, en tout ni en partie; ni d'en faire aucuns extraits sous quelque prétexte que ce soit d'augmentation, correction, changement de titre ou autrement, sans la permission expresse & par écrit de ladite Exposante ou de ceux qui auront droit d'elle : à peine de confiscation des Exemplaires contrefaits & de quinze cent livres d'amende contre chacun des contrevenans, dont un tiers à nous, un tiers à l'Hôtel-Dieu de Paris, l'autre tiers à ladite Exposante, & de tous dépens, dommages, & interests: A la charge que ces presentes seront enregistrées tout au long sur le Registre de la Communauté des Imprimeurs & Libraires de Paris, & ce dans trois mois de la date d'icelles; que l'impression de ce livre sera faite dans notre Royaume & non ailleurs, en bon papier & en beaux caracteres conformément aux Reglemens de la Librairie; & qu'avant de l'exposer en vente le Manuscrit ou imprimé qui aura servi de copie à l'impression dudit Livre sera remis dans le même état où l'approbation y aura été donnée ès mains de notre trés-cher & feal Chevalier Garde des Sceaux de France, le Sieur Fleuriau d'Armenonville; & qu'il en sera ensuite remis deux exemplaires dans notre Biblioteque publique, un dans celle de notre Château du Louvre, & un dans celle de notredit trés-cher & feal Chevalier, Garde des Sceaux de France le Sieur Fleuriau d'Armenonville: le tout à peine de nullité des presentes. Du contenu desquelles vous mandons & enjoignons de faire jouir l'Exposante ou ses ayans cause, pleinement & paisiblement, sans souffrir qu'il leur soit fait aucun trouble ou empêchemens: Voulons que la copie desdites presentes qui sera imprimée tout au long au commencement ou à la fin dudit Livre soit tenuë pour dûëment signifiée, & qu'aux copies collationnées par l'un de nos amez & feaux Conseillers & Secretaires foi soit ajoûtée comme à l'original : Commandons au premier notre Huissier ou Sergent de faire pour l'execution d'icelles tous actes requis & necessaires, sans demander autre permission & nonobstant clameur de Haro, Charte Normande & Lettres à ce contraires ; CAR tel est notre plaisir. Donné à Paris le onziéme jour du mois de Décembre, l'an de grace mil sept cens vingt-deux, & de notre regne le huitiéme. Par le Roy en son Conseil, DE SAINT HILAIRE.

Registré sur le Registre V. de la Communauté des Imprimeurs & Libraires de Paris, pag. 262. n 395. conformément aux Reglemens & notamment à l'Arrest du Conseil du 13. Aoust 1703. A Paris le 21. Decembre 1722. Signé, BALLARD, *Syndic.*

www.ingramcontent.com/pod-product-compliance
Ingram Content Group UK Ltd.
Pitfield, Milton Keynes, MK11 3LW, UK
UKHW031921260826
14628UKWH00003B/1346

9 782016 145586